툭툭

털고 삽시다

털고 삽시다

초판 1쇄 인쇄일 2013년 11월 15일
초판 1쇄 발행일 2013년 11월 20일

지은이 오서진
펴낸이 양옥매
디자인 오현숙
교정 조준경

펴낸곳 도서출판 책과나무
출판등록 제2012-000376
주소 서울특별시 마포구 월드컵북로 44길 37 천지빌딩 3층
대표전화 02.372.1537   **팩스** 02.372.1538
이메일 booknamu2007@naver.com
홈페이지 www.booknamu.com
ISBN 978-89-98528-75-1(03800)

이 도서의 국립중앙도서관 출판시도서목록(CIP)은 서지정보유통지원 시스템
홈페이지(http://seoji.nl.go.kr)와 국가자료공동목록시스템
(http://www.nl.go.kr/kolisnet)에서 이용하실 수 있습니다.
(CIP제어번호 : CIP2013023440)

털고 삽시다

오서진 지음

**툭툭 털고 살기 위하여 필자는 다양한 일들을 체험하면서
성장통을 겪으며 이 글을 쓰게 되었다.**

필자에게 아프고 시린 시간이 청춘에 몸살 앓듯 흘러갔다.

시간 흐른 뒤에 사람들을 포용할 수 있는 조금은 성장한 그릇으로 변화되기 시작했고 마음속의 글들이 모여져 이젠 작은 책을 출간하려 한다. 낮고 부족하지만 칼럼 글을 모아보았고 필자의 작은 생각이 사회에 긍정의 자원이 되어 건강한 사회 행복한 가정 만들기에 적절한 에너지로 쓰였으면 좋겠다.

필자의 1970년대 어린 시절의 긴 겨울은 정말 춥고 말 그대로 엄동설한이었다. 긴 겨울을 나기 위하여 장작을 패서 쌓아두거나 연탄을 비축해야만 든든한 겨울을 지날 수 있었고 한쪽 안방의 아랫목과 화롯불을 점령하던 우리 남매는 따뜻한 아랫목에 잠들었다가도 할머니가 마실 나가셨다 돌아오시는 큰 나무 대문 삐걱 소리에 후다닥 잠에서 깨어 이부자리 곱게 정돈하고 냉기가 도는 윗방으로 도망 치곤했던 추억과 깊은 회한은 서릿발 무서운 할머님 기침소리에 혼비백산하여 춥고 어두운 윗방으로 가서 숨소리도 못내었던 것은 대하소설 "토지" 속의 서희 할머니처럼 무섭고 엄한 할머니가 뿌리 깊게 계셨기 때문이었다.

그 넓던 집은 마치 교과서 속의 키다리 아저씨 집처럼 늘 엄하고 침묵하였으나 부엌 안 화롯불 근처에서 복닥거리며 청국장 보글보글

끓여먹고 가래 떡구워 먹던 그 따스함과 된장찌개 묶은 냄새일지라도 어른들 냄새가 가득했던 아련함이 지금도 필자의 마음속을 부여잡고 순수한 과거 여행을 가끔 하게 한다.

필자는 100년이 넘는 어른들 사이에서 다양한 세대를 체험하였고 생존해계시면 120세가 되신 조부도님 90세가 넘은 부모님, 생존해있는 일흔이 넘은 형제 세대, 그리고 필자의 10대. 20대. 30대 자녀 세대까지 오십여 년 살며 겪었던 세대간 갈등과 극복기를 이제는 말할 수 있게 되었다.

필자의 오십여 년 세월과 더불어 사회적 문화의 변화도 다양했었고 현대는 가족문제가 가장 중요한 요인으로 자리하고 있다. 이는 급성장한 사회 발전 반대급부에 성장하고 있던 암울한 현대 가족사의 비애이기도 하다.

쓰리공이란 공감, 공유, 공생의 의미로 바른 생각을 같이하고 정의로운 삶을 공유하며 함께 더불어 행복하고 건강하게 살아가자는 의미이다. 처음 대한민국 가족지킴이를 창립하여 1년이 지나기까지 많은 양의 일들을 진행하며 가장 간절했던 것은 가족간 대화와 생각의 공감이었다. 생각의 공감이 이루어지고 나면 함께 더불어 살아가는데 가족간 기초적인 행복과 가치추구를 할 수 있는 것이다.

낙엽이 모두 떨어지고 있는 여의드 가로수들을 바라보며 잔잔한 마음으로 머리말 글을 쓰며 항상 곁에서 응원하고 동행하는 대한민국 가족지킴이 임원 및 회원 여러분께 고개 숙여 깊이 감사드립니다.

2013년 11월 여의도에서 **오서진**

Content

01

늙지 마라
공포의 노후가 다가온다

요즘은 '고령화'란 단어가 익숙해질 만큼 많은 언론과 방송에서 노인 관련 내용을 다루고 있지만, 정작 고령화 추세가 장차 사회에 끼칠 영향력과 이에 대비한 대응책에 관해서는 입을 열지 못하고 있다.

고령화보다 더한 '초고령화 시대'에 직면한 우리는 아직 이렇다 할 대책수립은 물론, 연구나 구상조차도 변변히 마련되지 않은 상태이기 때문에 어찌 보면 너무도 당연한 현상인 것 같다.

그래서인지, '노인'이라는 호칭 속에서 느끼는 사회적 감성도 '늙고 퇴화되는 과정에 놓인 무기력한 사람' 내지는 '기력을 잃고 죽음을 눈앞에 둔 노쇠한 병자' 정도를 연상하는데 그치고 있는 것 같다.

나이가 들어 늙어도 생활비가 필요하다. 기력이 쇠해지면서 각종 질병에도 약해지고, 이로 인한 요양비에 대한 걱정과 부담 또한 크다.

아주 오래전 보험회사마다 연금보험 판매를 위하여 고객들에게 "늙어서 돈 없으면 서럽다"고 부르짖으며 연금보험 상품을 꼭 들어야 한다고 강조했던 적이 있었다.

- 쓰리공 : 공감, 공생, 공유

그러나 막상 고령화 시대에 직면하고 보니 경제적 생활고도 문제지만, 단순히 '일손 놓고 늙고 병들고 죽음만 기다리면서 시간을 보내는 사람들로 방치해서는 안 된다!'는 새로운 시대적 요구가 생겨났다는 것이 문제다.

언론마다 '인생 2모작'이라는 말을 자주 언급하고 있다. 은퇴 이후의 삶을 다시 설계하여 우리 사회의 일원으로 흡수하기 위한 노력을 기울여야 한다는 것이다.

고령인구들도 사회활동은 물론, 경제활동에도 적극적으로 참여하게 해야 한다. 고령인구들의 직업론을 말하면, 일각에서는 젊은 세대들의 실업률 해소가 노인 일자리 창출보다 먼저라고 말한다.

유럽에서 도입된 복지개념이 너무 많은 실업자들을 배출시켰다는 논리도 앞세우고 있다. 실업급여를 문제 삼고 노령연금을 문제 삼는 사람들도 있다. 사회보험제도에 대한 일부 경영인들의 불만도 뒤섞여 튀어나오곤 한다.

사회의 조직구성원들 가운데 모든 것이 자기 입맛에 딱 맞는다고 만족할 만한 사람이 몇이나 되겠는가?

모든 사람의 입맛을 동시에 만족시키는 것도 어렵지만, 그렇지 못하다고 해서 방치할 수도 없는 것이 사회복지제도가 안고 있는 맹점이다.

2012년 12월 말 통계 기준으로, 우리나라의 65세 이상 노인은 586만 7천여 명이다. 전체 인구의 11.7%를 차지하고 있는 셈이다. 그중 장기 요양시설에 입소하신 중증 어르신들은 10만 명도 채 되지 않는다. 재가서비스를 받으며 집에서 요양 중이신 어르신들까지 모두 합처도 총 100만여 명에 불과하다.

그렇다면 나머지 486만 7천여 명의 노령인구를 우리는 어떻게 바라보고 있으며, 또 어떻게 대할 것인가?

무작정 배회하도록 방치하고 내버려두면, 계속 늘어나는 노인들은 신 소외계층을 구성하며 현 사회의 거대한 음지를 이루게 될 것이 분명하다.

사회적 상황이 이러할진대, 건강한 486만 노인들의 사회적 욕구가 무엇인지 알아보고 그들의 '인생 2모작'을 도와야하지 않겠냐고 외친들 메아리가 생기겠는가? 그저 한가한 사람의 입바른 소리 정도로 치부되고 말 것이다.

그렇지만, 점점 늘어나는 고령사회의 인구를 어떻게 수용할 것인가에 대하여 깊이 고민하고, 현실적인 대안책을 서둘러 마련해야만 한다.

필자는 그 대안책의 일환으로 은퇴 이후 전문적인 훈련과 사회복귀를 위한 프로그램을 수행할 교육기관의 설립이 필요하다고 본다.

586만 노인들 모두가 '늙고 병들어 죽음을 바라보는 세대'가 아니기 때문이다. 그분들이 평생을 걸쳐 경험하고 축척한 노하우와 지식을 '나이'라는 무덤에 순장하기에는 너무도 아깝지 않은가? 숫자에 불과한 나이 때문에 모든 노인들이 일률적인 편견의 무덤에 산채로 순장되는 것이 과연 마땅한 처사인가 말이다.

노인들 가운데는 풍족한 경제력과 왕성한 체력, 젊은이에 결코 뒤지지 않는 뜨거운 열정을 지닌 분들도 상당수 있다.

필자는 우선 이분들에게 주목하자고 말하는 것이다!

사회적 부양이 필요한 분들에겐 지금과 같은 복지제도를 통해 도움을 드리면 된다. 그러나 스스로 소양과 능력을 갖춘 노인들에게 정부의 사회복지제도는 무용지물이다.

바로 이런 분들에게 재교육의 기회를 제공해서, 자신의 삶을 통해 체득한 산 경험과 능력을 사회에 베풀게 하고, 그 과정에서 스스로 보람도 느끼고 사회적 존경도 받도록 해보자는 것이 필자의 주장이다.

예를 들어, 교육자나 성직자로 은퇴하신 노인들을 세대 간의 갈등을 아우르는 중재자의 역할을 할 수 있도록 전문상담가로 육성해서 가정법원이나 사회복지기관에 파견하는 방법을 제안한다.

현재 법원에 이혼을 신청하면, 이혼 전에 다시 한 번 생각해 보라며 숙려기간 3개월을 명하고 그냥 돌려보낸다. 그렇게 되면 대부분의 사람들은 감정의 골이 깊은 나머지, 서로 아무런 노력 없이 3개월을 허송세월로 보낸 뒤 다시 법원을 찾아 남남이 돼버린다.

바로 이럴 때, 노인상담사가 나서게 하는 것이다. 3개월의 시간을 그냥 주고 방치할게 아니라, 주 1회 상담사와 상담을 받도록 제도화해보자.

가만히 들여다보면 부부싸움의 발단은 아주 사소한 것들이 대부분이다. '욱!' 하는 순간의 감정대립이 가정파탄을 부르는 경우가 허다하다. 이럴 때, 인생경험이 풍부한 어르신이 자신의 삶을 예화로 들면서 자상한 어조로 조언을 베푼다면, 아마도 상당수의 이혼을 막게 되리라고 필자는 확신한다.

잠깐 사족을 달아보겠다.

이혼이 당사자의 헤어짐으로 끝나지 않고 얼마나 많은 사회적 비용을 발생시키면서 천문학적인 경제 손실을 국가에 떠맡기고 있는지 아는가?

우선, 가정파탄으로 인한 조손(할머니와 손자)가정, 한부모가정, 독거노인 등을 발생시켜 국가적으로 이들에 대한 생활지원금이 지출된다. 그뿐만 아니라, 가정파탄으로 인한 알코올 중독자가 발생되고 독거노인들의 건강악화 등으로 인한 의료비지원금이 증가된다.

이혼의 폐해가 여기서 그치는 줄 아는가?

가정이 깨어져 방황하는 청소년이 늘어나면서 미성년자 범죄 또한 증가하게 된다. 혹시 우리나라에서 소년원, 구치소, 교도소 등을 운영하는데 소요되는 비용이 얼마인지 아는가?

소년원에서 생활하는 아이들에게 1년에 1인 5천만 원 정도의 사회적 비용이 소요된다고 한다. 이처럼 경제적 활동은커녕 범죄자 시설에 수용된 사람들을 먹이고 입히며 출소 후 사회적응 훈련을 시키기 위해 어마어마한 국민의 혈세가 들어가고 있다. 이런데도 이혼이 개인의 문제에 그치는 사소한 일이라고 생각되는가 말이다.

또 한 가지 예를 들자면, 시든 꽃이라 생각되는 노인들에게도 성(性)적인 욕구가 있다. 고목처럼 보이지만 꽃을 피울 능력이 살아 있는 것이다.

남산자락의 '박카스 아줌마'와 탑골 공원의 '커피 아줌마'까지…… 이들의 주 고객이 남성 노인들이라는 점이 이 같은 사실을 말해준다.

욕구를 해소하려다 성병을 얻어 고생하는 노인들도 상당수 있다.

이성문제로 고민하는 노인은 물론, 심지어는 가정에서 며느리 등 가족을 향한 욕망으로 고심하는 노인들까지 있다.

이들을 위해 '노인 性상담사'가 있지만, 대부분 손녀뻘에 불과한 젊은 상담사가 다수를 구성하고 있다. 딸이나 손녀뻘에 불과한 젊은 상담사 앞에서 노인들이 과연 깊은 속내를 털어놓을 수 있을까?

노령 인력을 퇴물취급 하지 말고, 그들이 자신의 역할을 감당할 수 있는 기회를 만들어 드리자.

그분들이 사회의 일원으로 동참하고 자신의 지식과 경험, 경제적 능력과 기술을 베풀고 마음껏 펼칠 수 있는 기회를 드림으로써 청장년층과 공생할 수 있는 사회적인 구조를 갖춰야 한다고 생각한다.

02

어른들의 문화공간이
시급하다

광복절 연휴를 맞아 오랜만에 친구들과 종로에서 영화를 보기로 했다. 집 근처에서 전철을 타고 약속장소인 종로 3가에서 내렸다. 지하철 승강장에서 역사와 연결된 지하상가로 올라오니 노인들이 계단마다 장사진을 치고 앉아 계셨다.

처음엔 무슨 행사가 열리는 줄 알았다.

친구들보다 미리 도착하였기에 지하상가 이곳저곳을 구경하고 있었는데, 웬 남자 어르신이 다가오며 말을 걸었다.

"혹시? 놀러 오셨나요?"

"네? 아니요?"

"아~ 난 우리랑 놀러온 아줌마인줄 알고……." 하며 말꼬리를 흐리신 후 민망하다는 듯 다른 자리로 옮겨 가셨다.

순간, 기분이 묘해지면서 '저분들은 뭐하시는 분들일까?' 하는 궁금증이 생겼다.

노인들이 모여 앉은 곳 근처에서 서성대는 40~60대 중년여성들 무

리의 수다에 귀를 가까이 대어보니, 그들은 노인들을 대상으로 성매
매를 하는 여성들이였다.

일명 박카스 아줌마라 하던가?

그들은 통념속의 성매매 여성들과 달리 평범한 복장을 하고 있어서
일반인과 구분이 어려웠다.

조금 떨어진 위치에서 그들을 바라보고 있었는데, 어느 아주머니
한분이 경찰에 연행되는 모습을 목격했다.

성매매방지법을 위반한 현행범으로…….

중년 여성들은 지하상가 이곳저곳을 분주히 오가며 남성 노인들을
유혹했고, 일부 남성 노인들은 마음에 드는 여성에게 먼저 다가가 슬
며시 말을 건네기도 했다.

무척 궁금해졌다. 이곳에 모인 노인들과 이곳의 현 상황들이…….

나는 누군가를 기다리는 행인처럼 손으로 핸드폰을 만지작거리며,
그들을 향해 귀를 쫑긋 세웠다. 그 여성들은 분명 노인들에게 성을
파는 성매매 여성들이었고 대화 내용은 듣기 민망한 이야기들이었는
데, 본인들끼리는 아무런 거리낌이 없어 보였다.

핸드폰 카메라로 촬영을 하려 하자 눈꼬리들이 사나워졌다. 시비
를 걸어올까 두려워 슬그머니 핸드폰을 닫았다.

어느 할아버지는 노숙인처럼 길가에 털썩 주저앉아 오가는 행인들
을 멍한 눈길로 바라보았고, 일부는 떼를 지어 앉아 연세든 아주머니
들과 대화를 하고 계셨다.

근처 파고다공원에 계셔야 할 어르신들이 더위도 피할 겸 비도 피
할 겸 몰려든 종로 3가 지하철역의 풍경—

친구들을 기다리며 마냥 서있기가 뭐해서 서울극장에 올라가서 블라인드 영화티켓을 예매하고 다시 지하철역으로 내려왔다.

아침부터 내리던 비가 그쳐서인지 삼삼오오 모여 있던 사람들이 뿔뿔이 흩어져 버렸다. 홀로 지하상가 바닥에 계속 앉아 계시는 어느 할머니께 말을 걸어봤다.

"할머니, 오늘 여기서 어르신들 무슨 행사 있으셨어요?"

"아녀! 연휴라서 집에 있음 며느리 눈치 보이고 자식들이 싫어하니까 오갈 데 없어 여기 모여서들 있는겨~"

"저기에 조금 젊은 아주머니들은 뭐하시는 분이세요?"

"저 여편네들은 노인들에게 몸 파는 거지 뭐."

할머니가 손끝으로 가리키는 무리 중 한 여성은 눈에 띨 만큼 바쁘고 날렵하게 남성 노인들 사이를 누비고 다녔다.

그들을 한참 지켜보다가 근처 국일관 방향으로 발걸음을 옮겼다.

노인들 가운데 그나마 경제적 형편이 좋은 분들은 번듯한 식당에서 고기를 구워가며 거나하게 낮술을 들고 계셨다.

국일관 내 콜라텍을 드나드는 노인들의 옷차림을 훑어봤다. 깔끔하고 부티 나는 부류도 있었고 남루한 옷차림을 한 부류도 있었는데, 그들의 옷차림을 통해 경제상황을 예측할 수 있었다.

지하에 노숙자처럼 쪼그려 앉은 노인들에 비하면, 지상에서 식당과 콜라텍을 오가는 이들은 복장뿐만 아니라 얼굴에서 풍기는 분위기도 현저하게 달라보였다.

약속한 친구들과 영화를 보고난 후, 종각으로 발걸음을 옮겼다.

종로 3가 근처에서 어느 커피숍을 들어갔더니 실내가 온통 담배연기로 가득했다. 길에서 본 커피숍의 외향은 세련됐었는데, 커피숍엔 노인들과 매캐한 담배연기만 가득했다. 빈자리도 없고 담배연기에 도저히 숨을 쉴 수가 없는 지경이라서 커피숍을 돌아 나왔다.

다시 나와 종각으로 발걸음을 옮기니 도로 하나를 사이에 두고 완전한 양극화 문화가 공존하고 있었다. 도로 반대편에서는 젊은이들이 뿜어내는 열정과 무언지 모르게 끓어오르는 듯한 분위기가 느껴졌다.

50대를 막 접어든 필자와 친구들은 노년의 문화보다는 젊음의 문화를 선호하며 도로를 건너 시끌벅적한 술집으로 들어갔다.

어쩌면 우리자신부터 늙어가는 현상을 외면하고 있는지도 모르겠다. 도로 하나를 사이에 두고 벌어지고 있는 진풍경들을 바라보며 느끼는 세대 간의 문화 충돌, 그리고 표류하는 세대들!

과거 국가적 위기로 인하여 고통 속에 살아왔던 세대들이 광복의 기쁨을 자축하고 신세대들로부터 축하받아야 할 경축일 광복절에, 휴일이라는 이유로, 가족들 눈치가 보인다는 이유 때문에 거리로 내몰린 채 표류하고 있었다.

노인들의 성문제도 언론에서 몇 번 다뤘던 문제이지만, 현장에서 느끼고 본 노인들의 성문제는 그리 단순하지도, 작지도 않아 보였다. 우리 사회가 안고 있는 여러 문제들 가운데 진지하게 고심해야 하는 문제라고 생각한다.

노인들의 성문제를 건전하게 해결할 수 있는 방법은 없을까?

우리들의 머잖은 모습에 심각하지 고민해 보고, 해결의 실마리를 찾아보자.

유교적인 사고방식에 갇혀 있는 노인들은 재혼이나 연인 선택에 있어서도 소극적일뿐 아니라 주변의 눈길과 체면, 자녀들의 눈치 등을 두려워하며 혼자서 속앓이를 한다.

재혼도 엄두를 못내는 마당이니 성적인 욕구는 말해서 무엇 하랴!

가슴속 지하 감방 깊은 곳에 강제로 가두어 버린 채 아닌 척 살아간다. 우리 모두는 매일매일 노년의 시기를 향해 쉼 없이 달려가고 있다. 그런 우리들 스스로가, 이 사회가 노인들의 건강한 삶을 억압하고 불필요한 희생을 강요하고 있지는 않나 하는 생각이 들었다.

불과 십여 년 후면 오늘의 저 모습으로 표류할 수많은 지금의 50대들에게 묻고 싶다.

가까운 미래에 당신이 직면하게 될 노년기의 건강한 삶을 위하여 지금 우리 사회가 제시하고 준비해야 할 과제는 무엇일까?

  － 쓰리공 : 공감, 공생, 공유

03

양성평등(Gender Equality)

양성평등은 남녀의 차이를 인정하되 성별로 차별하지 않음을 의미한다.

조선시대에서는 유교문화로 인해 '남아선호' '남존여비' 사상 등이 강하여 양성평등이 이루어지지 않았고, 근대 산업화 과정 속에서 노동력의 성별 노동이 분리되고 고착화 되면서 남녀 차별은 더욱더 심해졌다. 서양에서 여성의 참정권 운동과 인권운동이 커지고 여성의 사회참여가 활발해지면서, 대한민국에도 여성평등에서 뒤이어 양성평등 사상이 널리 퍼지게 되었다.

현재 양성평등 운동은 진행 중이지만, 남녀간의 의견 차이와 잦은 충돌로 차별이 이루어지고 있다. 이를 바로잡기 위해 다양한 여성단체 및 시민단체에서 캠페인 진행 및 양성평등 교육을 강화하고 있다.

여성운동이 이루어진 지 10여 년이 지난 지금은 변질된 이념과 한국형 페미니즘인 '쉬미니즘'에 입각한 여성운동이 주를 이루고 있어, 역차별을 조장한다는 목소리가 나오고 있다.

필자가 여성으로서 처음 사회에 발을 내밀고 일을 시작한 것은 1989년도였다.

이후 크고 작은 일을 치루면서 세상을 보게 되고, 혼탁한 과정도 가늠하게 되었는데, 여성이 나서서 일을 하는 것의 가장 큰 반대세력은 늘 남성이었다. 자신들을 수장으로 인정하여 떠받드는 하부조직의 여성들은 자신의 조직으로 인정하나 자신들을 능가하는 여성의 리더십은 말 그대로 "계집이 꼴값 떤다"는 혹평으로 이어졌다.

능력제가 아닌, 성비율의 편견 의식이 강한 전통적 사고의 용트림 같았다.

술좌석이든 공공장소든 남성위주의 비위맞추기식 자리여야 하는데 필자는 그런 모습들이 불편하고 싫었던지라 피하고 불참하는 그들의 표적이 되기도 하였다.

그동안 몸담았던 단체들의 행사나 아이디어를 제시하여도 결국 조직의 리더인 남성들의 치적이 되기도 하였다. 여성들은 그들을 내조하는 부인이 아니다.

한 인간의 인격체인 것이다. 지난 이십여 년을 되새겨보니, 여성들의 지위와 양성평등에서 오는 차별화가 많이 근절된 듯하지만 사실은 그렇지 않았다.

특히 장년층 이상은 아직도 상당한 정체 사고에 묶여 있다. 깊숙이 여성을 폄하하는 뿌리 깊은 사대부 근성들이 잠재되어 있다. 길거리에도 지하철 안에도, 고성방가에 술에 취해 객기 부리는 남성들을 보면 안타깝기도 하다. 어떠한 성취감이든 도전은 성비율을 가리지 말고 당당하게 해야 한다.

　　　　　　　　　　　　　　　　　　　　－ 쓰리공 : 공감, 공생, 공유

몇 해 전, 여성 비하를 일삼는 남성분이 계셨다. 툭하면 여성 비하 욕설이다.

그런데 그분이 어느 날 페이스북에 쓴 걸 보니, 어머니를 너무 존경하며 사랑하고 딸아이를 사랑한다는 글이 올라와 있었다. 나는 놀라움을 감출 수 없었다.

평소 대화에선 여성을 사람 취급도 않던 분인데, 그분의 어머니나 따님만큼은 사람이었을까?

여성으로서 큰일을 겪을 때마다 혹독한 체험을 한다. 격려보다는 사사건건 트집 잡는 사람들의 비방의 간섭들이었다.

비방하는 사람들의 성향을 보면, 일에 대한 열정은 가득하지만 일의 말미를 몰라 우왕좌왕하다가 프는 방법에서 허덕임을 겪는 사람들이 대부분이다. 그리고는 타인쿠터 비난해야 스스로 대리만족이 되는 성향들이다.

과연 노력하지 않은 일에 대가가 있을까?

이제서야 숨 돌리고 표현하지만, 사람들의 여러 말들이 상처가 되어 지치고 때로는 포기하고 싶었지만 이제는 극복하는 용기가 점점 늘어나고 있다.

내가 이혼 예방과 가족 인권에 다한 복지사업을 추진했을 때, 처음 반응들은 차갑고 냉정하기만 했다. 그리고 이혼한 사람이 무슨 가족지킴이를 하느냐며 반문했었다.

하지만 이혼을 해봤고, 그만큼 아파 봤고, 아이들 키우며 힘들어 봤기 때문에, 가족지킴이를 더 잘할 수 있다는 대답을 만나는 이들에게 수없이 반복하는데, 체험하지 않은 사람들은 '이혼한 사람'이라는 이유로 나를 그저 '이혼녀' 낙인을 찍고 '범죄자' 취급을 한다.

세계 2위까지 오른 우리나라의 사회적 문제들을 그들은 이해불가라는 반응도 보인다.

일을 진행하면서 다양한 체험을 겪는다.

한부모 가장으로서, 그리고 여성으로서, 사회를 체험하며 자녀들을 양육하는데 최선을 다하다보니 한 가지 바람이 생겼다. 그것은 바로 안정된 사회, 서로 배려하는 따뜻한 사회였음 좋겠다는 것이다.

여성이라는 이유로 인권이 유린당하지 않고, 노력의 대가에 대해서는 존중받아야 한다는 격려와 동참이 널리 널리 이뤄지기를 희망해 본다.

반대급부로 남성들의 열악해진 사회성도 느낄 수 있다. 빠른 시간에 여성들의 성장이 넘쳐난 결과이기도 하다.

여성들이 집단화되면서 남성들이 역반응이 나타났는데, 그것은 남성들의 역할분담이 바뀌면서 소극적으로 변화되고 있다는 것이다.

양성은 말 그대로 양쪽의 성을 인정하고 성비로 차별하지 않음을 말한다. 각자의 역할을 배려하고 보듬어주는 성장되고 성숙한 우리 사회의 지식인들이 많아지기를 조심스럽게 기대해 본다.

# 나의 정신적 멘토,
가수 인순이

몇 년 전 '나는 가수다' 열풍이 잦아들지 않고 있었다.

마치 '나는 가수다'에 출연한 가수들의 노래만이 진실 된 음악인양 부추기고 있지는 않은지…….

모두들 열광과 심취로 특정 가수들에 대한 지지도가 폭발하는 사회적 분위기였다.

'나는 가수다'의 모든 것이 사회적 관심사로 부각되면서 지나친 쏠림현상을 가져오고 있는데, 이는 아이돌 그룹 열풍이 불면서 현란한 댄스와 음악 속에 가려져 정석화된 가수들의 음악을 들을 기회가 적어졌던 탓에 다양한 양질의 음악에 목말라 있었다는 반증이기도 할 것이다.

'나는 가수다'에 출연한 가수들의 애절하고 호소력 짙은 가창력이, 우리 기성세대가 목말라 했던 것에 대한 갈증을 해소시키는데 기폭제 역할을 하지 않았나 싶다.

유행이 지나간 가요를 음악성과 호소력으로 겸비한 실력파 가수들이 다시금 열창함으로써 시청자들의 심금을 울려낸 '나는 가수다' 열풍. 그 순수한 감성의 파도가 문화와 예술적 가치를 떠나 상업적으로만 고착화되지 않을까 하는 우려도 된다.

물론 뛰어난 가창력과 음악성으로 시청자들로부터 다시 사랑받으면서 돈방석에 앉은 가수들도 상당한 화제 거리가 되고 있다.

그 당시 필자는 가수 인순이 씨가 부른 노래에 대하여 개인적인 감평을 카페에 썼다.

이런저런 인터넷 검색을 하던 끝에 인순이의 '아버지'란 노래가 검색순위 1위로 올라간 인터넷 동영상을 보게 되었던 것이다.

'인순이 아버지'란 타이틀에 처음엔 묘한 감정이 들었다. 아버지라는 호칭 앞에서 왠지 숙연해지고 한편으론 원망도 서려지는 감정은 우리 모두에게 공감되는 부분이 아닐까 싶다.

인순이. 필자는 몇 년 전부터 그녀를 만나면서 존경하고 좋아하는 가수이자 인생의 선배로 생각하게 됐다!

그녀를 만나면 여러 시간을 함께 있어도 질리지 않았다. 그리고 그녀는 많은 이들에게 공감을 주는 순수한 인성을 가지고 있었다.

대중적인 대스타임에도 불구하고, 서민적이고 소박한 사람이다. 함께 있는 시간이 즐겁고 함께 하는 공간마저 예쁘게 느껴지게 만드는 사람이었다. 연예인이란 특성을 망각하게 만드는 편안한 사람, 아주 오래된 이웃집 언니 같은 분위기를 안겨주는 사람이기도 했다.

그녀와 만난 4년 동안 한결같은 그녀가 팬 카페에 남긴 글을 보면 더욱 친근미가 느껴지는데, 그것은 아마도 그녀의 성공일화 때문일 것이다.

　　　　　　　　　　　　　　　－ 쓰리공 : 공감, 공생, 공유

우리 민족은 단일민족이라고 학교에서 배웠지만, 그것은 우리의 염원일 뿐 단일민족은 될 수가 없었다. 역사적으로 우리나라는 총 1,293번의 외세 침략을 겪었는데, 그만큼 우리 민족은 외세침략이 잦았고 그로 인하여 다른 민족의 혈통이 이어질 수밖에 없었기 때문이다. 게다가 중국 성씨를 가진 한국인의 성씨는 다양하다.

필자의 조상 역시 고려시대 광종 때 귀화한 중국인이다.

이렇게 볼 때 중국 성씨가 보편화된 우리나라에서 단일민족을 부르짖는 것은 어쩌면 모순일 수 있다.

인순이 씨는 외모가 동양인과 현저하게 다른 모습으로 태어난 사람, 일명 혼혈인이라는 세대적 냉소와 차별 속에서 당당하게 성공한 그녀의 일화를 모르는 사람은 거의 없을 것이다.

그러나 가까이 함께 하다보면 그 편견조차도 부끄럽게 느껴질 정도로 그녀의 인성과 언행은 부드럽고 자애롭기 그지없다. 따스하고 배려심 많고, 겸손함과 부지런함을 두루 갖춘 이웃집 언니 같은 사람.

도자기 인형 같이 우리사회의 포장된 인격체들이 만연한 현실에서 그녀는 마치 뚝배기 같은 토속적인 느낌을 갖게 해, 깜짝 놀랄 때도 종종 있었다.

4년 전, 필자가 그녀의 자택을 방문했을 때였다.

찾아 온 팬들에게 직접 만든 음식으로 식사를 대접하는 인순이 씨 부부를 보면서 느꼈던 감정은 바로 이웃집 언니였던 것이다.

허물없고 구수한 대화와 평범하고 수수한 복장이 너무도 편안한 우리네 언니였다.

TV 화면에 비춰지던 모습과는 전혀 다른 인간적 진솔함에 필자는 푹 빠졌었다.

지금은 '다문화 가정'이라는 것이 보편화 되어가고 있지만, 그녀가 청소년기를 보내고 성장하는 동안에 다문화 가정으로서 겪었을 마음의 고통은 찾아 볼 수가 없을 정도로 사랑과 평화가 그녀의 일상이 되어 있었다.

이점 때문에 연예인이 아닌 사람으로서 그녀를 좋아하게 됐었고, 그런 그녀가 '나는 가수다'에 출연한다기에 의아했다.

심사위원 자격으로 출연해야 마땅할 사람이 거꾸로 심사를 받기 위해 출연한다는 것이 쉽게 납득이 되질 않았기 때문이다.

여러 장르를 넘나드는 재능을 모두에게 인정받는 그녀였지만, '아버지'란 노래를 부를 때의 진지함과 감정 몰입을 바라보던 필자는 온몸의 근육에서 파르르 진동이 일어남을 느꼈다.

그 당시 가슴 깊이 전율이 느껴지는 그녀만의 색깔 있는 음악성은 관객들뿐만 아니라 필자로 하여금 벌떡 일어나 기립박수를 치며 눈물을 흘리게끔 만들었다.

그런 그녀가 드디어 다문화 대안학교 설립자가 되었다!

대한민국가족지킴이가 추구하는 전국민이 행복하고 건강한 가정의 구현과 세대 간 공감, 공유, 공생의 행복한 가정 만들기, 그리고 착한 댓글, 바른 언어, 건강한 사회로 앞장서 동행하는 사회적 리더이자 국민가수 인순이 씨는 충분히 대한민국 건강한 가정 구현을 위하여 오랜 기간 노력해온 결과로 지난 사단법인 대한민국가족지킴이에서 주관한 '대한민국 실천대상'을 반기문 유엔사무총장님과 함께 수상하였다.

　　　　　　　　　　　　　　　　　　－ 쓰리공 : 공감, 공생, 공유

많은 국민들에게 꿈을 심어주고 모범적 삶을 살고 있는 그녀가 이제는 청소년들에게 현실의 꿈을 심어주는 대안학교를 설립하였다.

다문화 대안학교인 해밀학교를 세운 이유에 대하여 그녀는 이렇게 말한다.

"어렸을 때부터 정체성을 찾고 저 스스로를 사랑하는 법을 깨닫고 배우기까지 많은 시간이 걸렸습니다. 다문화 아이들을 보면서 '아, 이 아이들도 많이 힘들겠구나. 내가 같이 걸어주면 어떨까?' 생각하며 다문화 대안학교 기숙형 학교의 이름을 '해밀'이라고 지었습니다."

해밀은 순 우리말로, 비온 뒤 맑게 갠 하늘 이라는 뜻이다. 해밀을 설립하게 된 동기는 다문화 아이들이 혼혈로 인한 아픔을 겪지 않도록 교육 환경을 조성해 주기 위해서이고, 그녀는 오랜 기간 준비기간을 거쳐 교육사업으로 사회공헌을 펼치기 시작하였다.

참석한 축하객들은 이구동성으로 사회적으로 소외되거나 열등감을 느낄 수 있는 아이들을 위한 학교가 드문데 정말 좋은 목적과 취지라고 생각이 든다는 목소리를 냈다.

인순이라는 우리에게 익숙하고 친근한 그녀!

척박한 시대에 혼혈아로 세상의 편견에 맞서 자신의 꿈을 이루었고 절망적 순간에도 희망의 끈을 놓지 않았던 지난 시간들이 오늘의 다문화 아이들과 함께 하는 모습에서 더 빛나는 대한민국 최고의 여성 지도자로 거듭나게 한 것이다.

국민가수로서 바르고 모범적인 연예인으로 사회봉사의 꿈을 키워왔고, 다문화 아이들 중 70% 이상이 고등학교 진학을 포기한다는 뉴스를 듣게 된 뒤 대안학교 설립에 나서게 되었다는 그녀, 인순이. 그녀는 다문화가정의 청소년들에게 커다란 꿈을 심어주었고, 그녀보다 월등한 아이들이 그녀의 문화예술 교육 체계 속에서 성장할 것이다.

필자는 기성세대 가수들의 음악도 좋아하고 요즘 대세를 이루는 아이돌 그룹도 좋아한다.

아이돌 그룹 중에는 정말 뛰어난 그룹들도 많이 있다. 집합체라는 특성 때문에 그들 개개인의 음악성이 평가절하 되지는 않았으면 좋겠다.

아이돌 그룹 중에서도 솔로로 노래 부르는 가수들을 보면 가창력과 호소력이 뛰어난 사람도 있다. 단지 연륜과 경험의 차이에서 오는 약간의 차이점은 있을 수 있을 것이다.

연령대별로 선호하는 음악 층이 다르기 때문에 각각의 음악성을 평가하기엔 어려운 점도 있지만, 억지 인상을 팍팍 써가며 목소리로 노래하는 가수보다는 인순이 씨처럼 가슴을 울리는 가수가 사람들에게 더 깊은 감동을 주지 않을까?

필자는 '나는 가수다'를 시청하면서 인순이 그녀를 더 깊게 사랑하고 존경하게 되었다.

그녀의 '아버지'란 노랫말은 26년 전에 돌아가신 나의 아버지를 연상하게 했고, 편모슬하에서 자라온 나의 아이들과 그들의 아버지를 연상하게 만들었다. 아마도 이 시대에 겪는 양면성의 아버지를 연상했는지도 모르겠다.

아버지!

인순이 씨의 노랫말을 통해 애절한 그 이름을 불러본다.

  - 쓰리공 : 공감, 공생, 공유

05

운전면허증보다도 못한 아버지?

- 자녀들의 운명은 학원이 책임져주지 않는다

친한 지인으로부터 아버지학교 청강을 제안 받고서, 처음에는 사실 망설였다.

생소하기도 했지만 '남자들만 모이는 남자들의 세상에 대하여 굳이 알 필요가 있을까?' 하는 의문이 주된 이유였고, 혼자 아이들을 양육하고 살아온 여성(엄마)으로서의 삶이 부족했다거나 잘못됐었다는 자책을 느끼게 되지는 않을까 하는 약간의 두려움도 일조했다.

필자는 원만한 결혼생활을 누려보지 못하고 이혼을 하는 과정에서, 남자들에게 편협적인 상황들을 수도 없이 겪은 터라, 나름대로는 충분히 남자들의 세계를 잘 알고 있다고 생각하고 있었다.

그러나 아버지학교가 무엇인지 궁금하고, 다른 아버지들의 세계를 더 넓게 알고 싶어서 서울 서빙고동에 위치한 온누리교회를 찾아 아버지학교를 청강했다. 아버지학교는 필자의 궁금증에 대한 답으로 감동과 충격을 안겨줬다.

아버지학교를 통해 억눌렸던 서러움의 눈물, 북받치는 감동의 눈

물도 흘려 보았고, 가슴 깊은 곳 한쪽 구석에 자리 잡고 있던 전남편
에 대한 증오를 남자에 대한 이해로 전환하는데도 도움이 됐다. 5주
간 아버지학교 청강을 다니면서 그곳에서 보고 들은 내용을 바탕으
로, 필자의 아이들에게 자식들을 돌보지 않는 아버지를 용서하고 관
계를 회복하도록 설득했다. 그래야 너희들의 마음과 삶이 편안해질
것이라고……

그러나 아이들 입에서 나온 말은 뜻밖이었다.

"부모라는 존재가 심장에 존재한다면, 양쪽 모두가 엄마로 채워져
있고 엄마는 충분히 아버지의 역할까지 아니, 그 이상을 해주었기 때
문에 아버지의 부재에 대하여 단 한 번도 심각하게 생각해 본 적도,
그리워한 적도 없었어요."

아기 때부터 없었던 아버지에 대한 그리움도 존재 가치에 대한 생
각도 해 본 적 없고 아버지의 빈자리를 못 느낄 만큼 엄마가 다 채워
줘서 괜찮다는 것이다. 그러므로 생각도 않는 아버지란 존재에 대하
여 자신들에게 이해나 용서를 권하지 말라고 말했다.

그러나 필자는 아버지학교의 과정이 진행될수록 가족의 중요성,
가족구성원 각자의 역할, 아버지라는 존재가 자녀들의 인생에 미치
는 영향력 등을 설명하면서 자녀들과 토의를 했다. 아버지는 필자에
게 신(神) 같은 분이셨다.

모든 인간을 향해 변함없고 너그러운 사랑을 베푸는 신.

언제나 자애를 베푸시는 아버지를 필자의 눈으로 보았기 때문이
다. 아버지께서 보여주신 삶의 모습은 필자의 가슴속에 깊은 신뢰로
자리 잡았고, 나눠주는 미덕을 어려서부터 자연스레 배우게 됐다.

  – 쓰리공 : 공감, 공생, 공유

그 덕분에 필자는 화수분의 축복을 받은 것 같다.

필자는 절실한 신자도 종교인도 아니다. 단지 어려서부터 몸소 행함으로 가르침을 주신 아버지의 영향으로 미움과 증오를 가슴속에 간직하기보다는 이해하고 털어버리려 노력하는 긍정적인 성격을 갖게 됐다. 필자의 출생에서부터 현재까지 걸어 온 삶을 되돌아보면, 아버지가 심어주신 긍정적인 성격 때문에 지금까지 살아있을 수 있었던 것이다.

아버지— 부를수록 크고 그리운 이름, 아버지!

필자의 아버지는 생전에 고향에서 명성이 높고 존경 받으시던 분이셨고, 아버지의 생활습성과 내면의 사랑은 필자의 가슴속에 아버지의 향기로 진하게 남아 있다.

토요일마다 5주 동안 열리는 아버지학교, 행복한 가정을 원하는 모든 아버지들께 적극 추천한다. 필자는 토요일마다 아버지학교를 다녀오면, 그곳에서 배운 바를 아이들에게 전했다.

"국가의 지도자를 잘못 선출하면 국민들이 5년간 고생을 하지만, 집안의 가장인 아버지가 잘못된 길을 걸으면 온 가족이 평생을 고생한다고 하더구나. 너희에게는 아버지가 곁에 없지만, 너희들은 자녀들에게 모범을 보일 수 있도록 노력하는 삶을 살아가라"는 필자의 훈계에 아이들은 포옹으로 화답했다.

가족이란 시스템을 잘 운영하는 아버지가 되기 위해서는 아버지들 스스로가 고민하고 공부해야겠다는 생각이 간절했다.

아버지학교에서 이런 말을 들었는데, 참 많은 생각을 하게 만드는 말이었다.

"누구나 거의 다 갖고 있는 운전면허를 딸 때도 최소 하루 이틀은 공부를 합니다. 여러분은 부모가 되기 위해 몇 시간이나 공부하셨나요?"

망설임 끝에 참가했던 아버지학교가 끝난 후, 필자는 아버지학교 예찬론자가 돼버렸다.

세상의 아버지들이여!

아내와 자녀들을 사랑하거든, 존경받는 아버지가 되고 싶거든, 자녀들이 성공적인 삶을 살고 행복한 가정을 꾸리길 원하거든 아버지학교로 가십시오!

아버지학교의 가르침에 따르면, 외부로부터 가족들을 지켜내고 보호하는 전사 역할, 집안의 총수로서 가장의 역할, 아내로부터 사랑과 존경을 받는 남편 역할, 부모와 아내 사이에서 현명한 중재자 역할, 자녀들 사이에 공정한 심판의 역할 등 가정에서 다양한 역할이 아버지에게 요구되고 있다. 아버지는 가족 간의 관계가 깨어지지 않도록 보살펴야하고, 자녀들이 사회에서 좋은 관계를 유지하고 있는지도 살펴보아야 한다.

결국 아버지는 자녀들에게 삶의 지표가 되는 가장 중요한 인물이라는 것이다.

아버지가 무절제하고 가정에서 욕설, 비방이 난무하다면, 자녀들역시 그 영향력 속에서 성장할 것이다. 그리고 그러한 가정의 분위기는 후세로 대물림 될 것이다.

옛 어르신들이 뼈대 있는 집안, 명문가문을 따지던 일이 고리타분한 구시대적 얘기만은 아닌 것이다.

　　　　　　　　　　　　　　　　　　　　　　– 쓰리공 : 공감, 공생, 공유

필자의 아이들은, 어느 누구도 결손가정의 아이라고 생각하지 않을 만큼 바르게 성장했다. 이것은 필자의 역량이 뛰어나서가 아니라, 필자를 통해 아이들에게 전해진 필자 아버지의 영향력임을 깨달았다.

필자의 집에는 아이들이 받아오는 상장들이 즐비하다. 성적우수상, 학습태도상, 봉사상, 수학경시대회상 등 종류도 다양하고 많다. 그런 아이들을 바라보면서 진심으로 하느님께 깊은 감사를 올리며 살고 있다.

아버지학교는 필자가 체험했던 아버지에 대하여 다시 한 번 깊이 생각하고 감사할 수 있는 기회를 갖게 해줬다.

아버지는 필자에게 있어 깊은 신앙이며, 삶의 지표요, 절대적인 스승이셨다. 그 훌륭한 스승님이 필자의 아이들에게도 좋은 가르침을 주고 계신다.

06

50대가 변하면
3대 가족 모두가 행복해진다

'툭툭 털고 삽시다!'

필자는 '툭툭 털고 삽시다!'라는 주제로 매월 가족 구성원 간에 공감을 위한 포럼을 진행하고 있다.

100세 된 어르신들은 일제치하와 해방, 건국, 한국전쟁, 제1공화국부터 현재 박근혜 정부까지를 온몸으로 다 겪으셨다. 어린이들은 태어나면서부터 스마트폰을 만지작거리며 게임과 채팅을 자유자재로 하고 있다.

0세부터 120세까지 한 공기를 마시고 대한민국 땅에서 함께 살고 있다. 모든 세대가 한 땅에서 함께 살고 있지만 서로간의 갈등을 풀어내지 못하며 마치 남남처럼 살고 있다.

사단법인 대한민국가족지킴이에서 매월 진행하는 '툭툭 털고 삽시다!' 포럼은 이런 세대 간의 갈등, 가족 간의 갈등에 대한 해결책을 다양한 사례와 필자의 경험을 통해 풀어나가고자 한 것이다.

필자는 이런 세대 간, 가족 간 갈등을 풀 수 있는 세대는 필자와 같

 — 쓰리공 : 공감, 공생, 공유

은 50대, 베이비부머 세대에 있다고 생각한다. 50대는 인생 100년의 허리이며 위로는 7,80대 어르신들을 모시고, 아래로는 20대 자녀를 두고 있다.

50대는 우리나라에서 나름대로 성공한 세대이다. 국가의 정치, 사회, 문화, 예술 등 모든 분야에서 중추적인 역할을 맡고 있다. 그럼에도 불구하고 50대는 이혼율 1위, 그 자녀세대인 20대는 자살률 1위를 기록하고 있다. 부모 세대인 7,80대는 고독과 빈곤, 아픔으로 고통 받고 있다.

왜 그럴까? 50대 베이비부머 세대들은 7,80대 부모 세대들의 헌신적인 희생으로 교육도 잘 받고, 정부에서 시행한 성장위주의 경제정책, 고금리 정책, 부동산 신화를 통해 경제적인 부를 이루며 숨 가쁘게 바쁜 나날들을 보냈다.

반면 못 배우고 늙은 부모세대들과 인터넷과 스마트폰을 자유자재로 사용하는 자녀들과 소통에 문저가 발생하였다. 가장 경제적으로 성공한 50대지만 50대를 중심으로 한 3대 가족은 가장 불행한 가족이 되고 말았다.

이제 더 이상 불행한 50대의 3대 가족문제를 두고 볼 수만은 없다. 우선 50대들이 여유를 갖고 적극적으로 변하고자 하는 노력을 해야 한다. 부모 세대를 이해하고, 자녀 세대를 이해해야 한다. 부모 교육도 적극적으로 받아야 한다. 은퇴 이후 적극적인 자원봉사를 통해 사회 참여도 해야 한다.

필자는 '툭툭 털고 삽시다!' 포럼을 통해 그 방법에 대해 제시하고 있다. '가족은 인류가 만든 제도 중 가장 아름다운 제도'라는 말이 있

다. 이 말은 영원불변한 진리이다. 급변하는 미래세대에도 가족의
기능과 중요성은 줄어들지 않을 것이다.

　세대 간의 오해, 갈등 다 털 수 있다. 툭툭 털고 살면 가족이 행복
해지고 사회와 국가는 건강해질 것이다.

　　　　　　　　　　　　　　　　　　－ 쓰리공 : 공감, 공생, 공유

07

한류가 미치는
일본 교포사회

2013년 4월 대한민국가족지킴이 임원들과 한류스타인 "JYJ" 콘서트도 볼 겸 다른 업무차 도쿄에 갔다가 신오쿠보에서 '행복한 사회 알리기, 착한댓글 달기 운동'을 했었다.

저녁에는 도쿄에 살고 있는 친구들과 닛뽀리 한국식당에서 속 깊은 이야기를 나누었다.

처음 1991년도 그 친구가 일본에 왔을 땐 김치를 살 곳도 없었고 '조센징'이라는 편견을 보이기 싫어 먹고 싶어도 참고 살아야 했을 뿐만 아니라 김치라는 음식을 거론하는 것조차 부끄러웠단다.

한국인에 대한 내면적 멸시가 강한 일본에서 생활한 이야기들이다. 어느 친구는 아들에게 '독도는 한국 땅'이라는 말을 하고 한국어를 가르쳤더니, 학교에서 이지메가 되어 두 번이나 자살기도를 했었단다. 그리고 엄마에게 심한 저항을 하며 사춘기를 보내다가 최근에서야 마음을 다잡기 시작하였다는 것이다.

일본에서 한류 열풍이 불고, 지금은 시골 어느 곳이든 김치를 판매하고 있으며 김치를 먹으며 "오이시이~!!" 감탄사를 내뱉는 일본인들.

한국 음식이 맛있다고 줄을 서서 사 먹는 일본인들을 보며 이제 겨우 떳떳하게 자신이 한국인임을 밝힌다는 이야기다.

한국 제품을 사는 일본인들을 볼 때마다 한류 스타들이 가져다준 대한민국 국위 선양이 대단함을 느낀다는 것이다. 한국제품의 우수성을 인정받아 국권이 신장되고 교포들의 어깨에 힘이 들어간다니, 한류가 가져다준 민족애의 자랑스러운 일이 아닐 수 없다.

식사 후 가라오케에서 가요 라이너스의 '연' 옥슨 80의 '불놀이야 '를 장단 치며 함께 부르니 감격에 빠진 친구가 펑펑 울고 있다. 한국 사람과 가라오케에 와서 한국 노래를 부르니 너무 좋고, 정겨워서 좋고, 우리말이라 좋고, 당당해져서 좋다며 울어댄다.

국가가 부강해야 한다는 것이다. 한류 스타들이 해외에서 국가를 빛내는 위대한 업적은 더 이상 개인의 영광에 그치는 것이 아니다.

이번 일본 출장은 사단법인 대한민국가족지킴이 임원들이 이번 도쿄돔 한국의 그룹 콘서트를 보러 가기 위해, 인터넷으로 콘서트 티켓을 신청하고 4장을 간신히 구하여 입금하고 호텔, 비행기 표를 미리 예약해서 가게 된 것이다.

일본 도착 후 이튿날, 우리 가족지킴이 임원진들은 신주쿠에 있는 한인타운 신오쿠보에 갔다.

전철역에서 내리는데 사람들이 웅성거리며 우리 일행들을 따라오기 시작했다. 아마도 필자가 멤버의 엄마라는 이유와 필자의 방송출연으로 일본 내 언론에서도 다뤄졌고 TV에서 봐서 알아보는 듯했다.

　　　　　　　　　　　　　　－ 쓰리공 : 공감, 공생, 공유

할 수 없이 근처 커피숍으로 들어갔는데 그곳에서도 알아보고 사진을 찍자고 다가온다. 처음엔 부담스럽고 민망하여 자꾸 피하게 되었으나 사단법인 대한민국가족지킴이를 하게 된 동기와 명분이 있으므로 임원들은 나를 설득하였다.

그 중 말뜻을 이해 못할 것 같은 일본분들이 영어로 이야기하는 임원의 말뜻을 이해하고 자발적 거리 캠페인을 협조하겠다는 것이다. 일본인으로서는 과감한 선택이었다.

신오쿠보역에서 "행복한 가정, 행복한 사회, 착한 댓글"을 부르짖는데, 몇몇 계시던 한인교포들이 나서서 통역을 해주셨다. 그러자 갑자기 일본분들이 격려를 해주시고 사진들을 찍었다.

도쿄돔은 스이도바시에 있었다. 만 석을 추가해서 하루 7만 석인데 사흘간 수십만 관중이 꽉 찼다고 한다. 수만 명이 몰려든 그곳에서 어느 소란도 자리 바꿔치기도 없이 질서정연하게 입장하고 있었다.

콘서트가 시작되었다. 감동의 눈물과 기쁨의 벅찬 소용돌이 속에 가슴이 뭉클해졌다. 하루 7만 관중들이 환호하고 열광하는 곳의 저 아이들이 대한의 아들들이다.

현장에서 눈물이 주르륵 흐른다. 대한의 아들들이 부르는 노랫말에 환호하는 일본인들의 뜨거운 한류사랑.

그들은 끝까지 질서정연하게 현장을 지키고 조용히 빠져나갔다.

우리민족의 지나간 역사와 숨 가쁘게 살아왔을 교포들의 아픈 상흔까지 문화교류로 씻겨 내리는 한류 바람 속의 우리나라 스타들은 진정 애국자였다.

신오쿠보 시내를 걷는데 자랑스러운 한류 스타들의 모습이 여기저기 곳곳에서 보였다. 정말 대단하다 싶었다. 특히 한국가수의 사진들은 메인이었고, 그들로 인해 먹고산다는 한국 교포사회의 상인들은 한국 스타들에게 고맙다는 말을 연신 해댔다.

교포사회는 엄청난 사업과 매출로 이어졌다. 특히 한국식당 앞은 줄이 길게 이어져 있었고, 호떡집 앞은 장사진을 치렀다.

화장품 매장마다 한국 가수의 사진들뿐이다. 그들의 사진이 없으면 한류 점포가 아닌 셈이다. 마사지 숍까지도 사진이 도배되어 있었다.

콘서트 내내 주변분들은 나에게 사진 찍기를 요청해 왔으나, 몇 팀만 찍고 끝나기 전에 빠져나와 도쿄돔의 웅장하고 거대한 빨간 야광등의 물결을 가슴에 안고 호텔로 돌아왔다. 그것은 올림픽 때 보여준 한국인들의 뜨거운 물결 같았다.

콘서트의 대단한 무대 위에서 우리 아이들이 보여준 파워와 감동은 정말 대단했다. 우리 아이들의 모습에 눈물 흘리며 감동하는 일본인들의 모습을 보며 기특하고 대견하고 벅찬 나머지 나도 그만 소리 없이 울고 말았다.

그들은 이미 연예인을 뛰어넘어 국가 브랜드가치를 높이는 애국자들이었다. 신오쿠보처럼 한인타운은 한류 식품과 한류 제품을 사기 위해 몰려드는 일본인들로 소득과 일자리 창출이 이어지고 있었다. 한인타운에 하루 8만여 명이 다녀간다고 한다.

이것이 바로 한류 스타들의 역할인 것이다. 우리의 아이들이 한국을 재조명시키고 일본인들은 심취하고 있다.

다음날 닛뽀리에 있는 한국 기업 일본지사 도쿄 사무실을 찾았다.

　　　　　　　　　　　　　　　　　　　　－ 쓰리공 : 공감, 공생, 공유

대한민국가족지킴이의 행복한 가정만들기 동참을 직원들에게도 독려하시어서 함께 동참하였다. 환영해주신 애터미주식회사 일본도쿄 이관섭 지사장님 및 임직원 여러분들께 감사한 마음이었다.

오후 신오쿠보 한인 사회를 다시 찾았다.

콘서트를 하고 있는 일본에서 알려진 그룹 키노의 곽용환과 멤버가 팬 미팅을 하고 있던 중 우리의 캠페인을 알고는 흔쾌히 일본 팬들과 함께 대한민국가족지킴이의 행복한 사회 만들기 캠페인에 동참하여 주었다.

뜻 깊은 장소였고 의미 있는 기쁜 시간들이었다. 가슴이 뜨거워지는 순간이었다.

게다가 한류 가수 곽용환은 필자와 같은 고향 충북 음성 출신으로, 선배님의 자녀이자 아들과 같이 여행도 다녔던 친구인지라 더욱 반가웠다.

관계자들도 함께해주셔서 감사했는데, 특히 외국에서 느끼는 애국심은 확실히 남 다른 듯하였다.

이후 장소를 옮긴 우리 일행들은 필자를 알아본 일본인들이 늘어남에 따라 잠시 화장품 가게에 피신할 정도로 순식간에 수백 명이 몰려들었다.

특히 신주쿠에서 자살예방협회 회장님도 오셔서 취지가 좋다며 함께하셨다. 대한민국을 알린다는 것에 감사하고, 대한민국을 사랑해주는 분들이 계셔서 행복하다는 생각이 들었다. 한국 교포들, 그리고 한국을 사랑하는 많은 분들의 적극적인 도움과 아낌없는 지원으로 대한민국가족지킴이와 '행복한 사회, 행복한 가정 만들기, 착한 댓글 달기' 캠페인을 진행할 수 있었다.

교포사회에서 입을 모아 말한다. 우선 한국 가수들에게 고맙다는 것이다. 한국 가수들이 도쿄에서 4년만에 재기를 하니 교포사회의 경제가 확 살아난다는 것이다. 현재 일본 내 인기 1위는 단연 모 그룹의 가수들이라는 것이다. 일본 내 한인들이 한류로 일자리 창출 및 수입까지 그야말로 특수 혜택을 누리는 것이었다.

필자와 사단법인 임원들이 보고 느낀 것들, 그리고 일본 사회에 전달한 것들은 무엇일까?

이혼 후 겪어야 했던 필자의 개인사들이 질곡진 오해와 편견이 되어 말로 형용할 수 없이 힘들게 몰아갔지만, 이제는 사람들에게 당당하게 말할 수 있다. 가족의 해체와 이혼의 선택, 그리고 자살의 유혹까지 견뎌가며 살다보니, 가족지킴이의 일원이 될 이유가 충분히 되었노라고. 그리고 가족 간 갈등 치유법과 자아 힐링에 관하여 작은 조언을 해줄 수 있게 직접 체험 사례자가 됐노라고!

새벽에 좋은 것만 보고 느끼고 가시라고 아들에게서 연락이 왔다.

다시 이어 중국으로 가야 한다는 아들의 소식에 대견하고 든든하면서도, 한편으로는 힘든 여정에 엄마의 마음으로 안쓰러움이 가득해진다.

얼마 전 아들이 말했다.

"엄마는 내 엄마라는 이유로 겪지 말아야 할 일들을 너무 많이 겪고 있어. 엄마가 잘못될까 봐 늘 걱정이야. 사람들은 사실이 아닌 것에 목숨을 걸고 난리를 치네. 단련된 연예인들도 악성댓글을 극복 못하고 삶을 포기하는데 엄마가 그럴까 봐 늘 걱정돼! 엄마가 잘못되면

     - 쓰리공 : 공감, 공생, 공유

나도 못살아…….”

아들의 그 말에 힘이 되고 용기가 났다. 나는 내 머릿속에 들어 있는 나쁜 생각을 지우기로 하였다.

“대한민국가족지킴이, 꼭 성공해!”라는 아들의 응원에 필자는 용기를 얻어 더 많은 이들에게 꿈과 용기를 주는 복지인이 되고 싶다.

많은 사람들이 필자에게 상담을 해오고 마음을 열고 다가온다.

아프고 시린 사람들이 많다는 것은 곧 우리 사회가 이혼율이 높고 자살률이 높다는 것을 보여준다. 결국 생채기가 심할수록 비난과 분노가 커지는 것인가.

분노를 가라앉히려면 다양성을 인정하고 가족 간의 행복을 추구하는 것이 가장 궁극적이다.

국권을 높인 우리나라의 자랑스러운 아들딸들! 고맙고 감사하다.

부모교육 전문강사 양성
시급하다

필자는 숱한 가족 상담을 해왔다. 상담을 할 때마다 상담자들의 아픔이 고스란히 전이되는 고통을 겪곤 하였다. 너무나 아픈 가정이 많다. 그렇게 아픈 가정들을 접할 때면 가족지킴이로서의 더 큰 사명감에 불타곤 한다.

여성가족부 2013년 주요업무계획 중 눈에 띄는 것이 들어왔다. 바로 '부모교육을 확대하고 가족상담서비스를 제공하겠습니다.'라는 것이다.

자녀의 발달단계를 고려한 생애주기별 부모교육을 실시하겠단다. 보육시설, 유치원, 초등학교 등 유관기관과 연계하여 교육하고, 직장교육에 부모교육과정을 개설하며, 휴마트 인성교육 민간공동 캠페인을 통해 2017년에는 100만 명까지 부모교육을 하겠다는 계획이었다. 그리고 부모교육 전문강사풀을 구성하겠다는 것이다.

이는 사단법인 대한민국가족지킴이를 통해 필자가 추구하는 방향과 일치한다.

　　　　　　　　　　　　　　　　　　　　　　　　– 쓰리공 : 공감, 공생, 공유

가족만 건강하고 행복해도 사회와 국가는 건강할 수 있다. 가족의 해체로부터 기인하는 많은 사회·국가적인 비용을 줄일 수 있다. 그 핵심에 바로 '부모'가 있다.

건강한 부모! 부모의 역할에 대한 바른 교육을 못 받아서 바른 부모 역할을 못하는 경우가 대부분이다. 어느 부모가 부모 역할 못하고 싶겠는가? 그러나 현실은 부모 역할을 제대로 하기가 어렵기만 하다.

전문가들의 부모교육을 통해 어렵지만 시행착오를 최소화하며 갈 수 있는 길을 제시해주어야 한다. 예비부부교육, 신혼부부교육, 임신 중 부부교육, 유아를 둔 부모교육, 초등학생을 둔 부모교육, 청소년을 둔 부모교육, 대학생을 둔 부모교육, 예비군인 부모교육, 취업자녀를 둔 부모교육, 결혼한 자녀를 둔 부모교육, 손자손녀를 둔 부모교육, 장애인을 둔 부모교육 등 각각의 상황이 너무나도 다양하기 때문에 케이스 별로 특화된 부모교육이 필요하다.

그러므로 그 분야에 맞는 부모교육 전문강사를 양성해야 한다. 나는 우리 기관에서 발급하는 '행복가정복지사'라는 자격과정을 통해 이론과 임상경험이 풍부한 부모교육전문가를 양성하고 있다. 아직 대한민국의 모든 부모들에게 교육서비스를 제공할 만큼의 강사풀을 갖추지는 못했지만, 조만간 그렇게 되리라 믿고 있다.

여성가족부에서는 가족상담인원을 2017년까지 80만 명으로 늘리겠다고 했다. 한부모가족, 가정폭력 등 위기가족의 가족 간 관계개선을 위한 가족심리치료, 가족참여프로그램도 적극적으로 실시할 계획이다. 우리 기관도 정부의 이러한 방향에 보조를 같이 하고자 한다. 우선 사회복지 실습생들의 실습지도에 가족상담, 가족심리치료,

가족참여프로그램 연구를 대폭 반영하여 사회복지 실습만 제대로 받아도 전문 가족상담가로서의 기본적인 자질을 갖출 수 있도록 할 계획이다.

　누구든지 부모교육을 받고 싶으면 받고, 누구든지 가족상담을 받고 싶으면 받을 수 있는 사회, 그래서 건강하고 행복한 가정이 가득한 대한민국을 희망해 본다.

고령여성 1인 가구 대책 시급하다
- 공동생활주택이 해답이다

한국보건사회연구원 정경희 선임연구위원이 지난 3월 19일 발표한 '고령 1인 가구 거주자의 생활현황' 보고서 내용에 따르면 고령 1인 가구 거주자의 86.3%가 여성이다. 이들 대부분은 사별 상태였으며, 비 1인 가구 거주자에 비해 교육수준과 주관적 경제수준이 낮았고, 만성질환에 시달리고 높은 우울지수를 보이는 등 건강상태 또한 좋지 못했다.

또 고령자는 한 번 독거생활을 시작하면 90.9%가 지속적으로 혼자 생활을 유지했다. 1인 가구 고령자의 평균 독거 기간은 약 12년으로 집계됐다. 연령이 높을수록 평균 독거기간이 길어져 80대 이상에서는 평균 독거기간이 16년10개월에 달했으며, 20년 이상인 경우도 37.6%에 달했다.

이들의 애로점은 첫째, 아플 때 간호해 줄 사람이 없고(40.4%) 둘째, 경제적으로 불안하고(25.7%), 셋째, 가사일 등 일상생활 문제 처리도 어렵고(15.0%), 넷째, 심리적 불안감 및 외로움(14.3%)이다.

이러한 애로점을 해결할 수 있는 방안에는 무엇이 있을까? 필자는 이에 대한 해답으로 '공동생활주택'을 내놓는다.

공동생활주택이란 건강한 노인들이 모여살 수 있도록 지어진 집합주택으로, 개인공간이 있고 공유공간과 관리인이 있어 사교·여가프로그램, 생활지원서비스 및 관리서비스가 지원된다. 개인공간에는 침실과 부엌, 욕실이 있어서 간단한 개별식사가 가능하고, 공유공간으로는 공동부엌, 공동식당, 공동세탁실, 공동거실 등을 갖춘다. 또한 관리인이나 요양보호사, 또는 간호사가 있어 다양한 생활편의서비스를 받을 수 있으며, 여가프로그램들이 운영된다.

우리나라 노인들은 사회 전통적 가치관으로 시설생활에 대한 부정적인 이미지를 가지고 있기 때문에 양로원 같은 곳에 입주하는 것을 꺼린다. 그러나 공동생활주택은 단위주호를 두어 자율적이며 독립적인 생활을 할 수 있도록 하면서 공유공간을 통해 아플 때 간호해 줄 사람이 없는 문제, 심리적 불안감과 외로움과 같은 여러 애로점을 보완할 수 있다.

다만 경제적으로 불안한 고령 여성 1인 가구주들이 자비를 들여 이러한 공동생활주택을 건설하는 것은 불가능에 가깝다. 자신이 살던 단독주택을 친지 또는 동호인을 모집하여 개발하는 것도 쉽지 않고, 다른 노인들과 공동으로 대지구입부터 시작하여 건축하는 것도 쉽지 않다.

따라서 정부차원의 건축비 지원이나 민간에서 건축, 분양할 경우 고령여성 1인 가구주들의 보증금 및 관리비 지원과 같은 현실적 지원 대책이 필요하다고 본다.

   　　　　　　　　　　　　　　　　　　－ 쓰리공 : 공감, 공생, 공유

10

준비되지 않은 노후는
재앙이다
- 평균수명 100세 시대

현재 우리 사회는 조기퇴직과 수명의 연장으로 인해 노후문제가 사회적으로 심각하게 대두되고 있다. 그러나 국민들 스스로가 각자의 노후문제에 대해 진지한 성찰과 현실적인 대비책을 마련하지 못하고 있고, 때때로 언론이 노후문제로 인한 사회적 폐해를 자극적으로 전달하고 있다. 그렇지만 대다수의 국민들은 생계가 급급한 나머지 자신의 미래를 예측하지도, 대비하지도 못하고 있다.

1955년~1963년 즈음에 태어난 사람들을 '베이비 붐 세대'라고 하는데, 일명 '끼인 세대'라고도 한다. 어느 나라든지 재난과 전쟁을 겪은 후 복구기간이 지나면서 인구가 급증하는데 경향을 보이는데, 우리나라도 1950년 6·25전쟁을 겪고 난 후 전쟁이 끝나고 난 1953년 이후 회복기를 거치면서 출산율이 급증했다.

특히 1958년도 일명 개띠들은 한 해 동안 무려 120만 명이나 태어났다. 2009년 기점으로 30만 명 출산에 비하면 무려 4배 수준이다.

베이비 붐 세대들이 아직은 자녀교육과 자녀들의 결혼시기, 부모

봉양시기, 자신들의 은퇴준비기간을 거치며 일명 '끼인 세대'로 자리 잡아가면서 노후관련 사회적 문제점이 야기되기 시작했다. 노후와 관련된 걱정거리가 사방에 산재해 있다. 앞으로 10년 후에는 노후공포, 노후경제 대란을 체험하게 될 것이다.

현재 50대 중후반인 이들은 아직도 자녀교육비와 양육비, 부모세대 봉양, 은퇴준비 등의 '3중고'를 겪고 있으며, 노후준비가 되지 않은 대다수의 사람들은 은퇴 후 심각한 사회적 · 경제적 쇼크를 체험하게 될 것으로 예측된다. 그러나 아직 당사자 세대들은 이 문제를 심각하게 받아들이지 못하고 있다.

10여 년 전부터 이미 각 보험사들은 노후를 염려한 상품 즉, 연금형 상품을 출시하고 판촉활동을 벌였으나, 대다수의 사람들은 가입을 권유하는 설계사들의 인간적인 호소에 못 이겨 저축성 상품이라 생각하며 단순 가입한 경우들이 많았다.

재정설계를 해 준다는 것 역시 그다지 깊게 인식하지 못하다가 최근에 들어서야 진지하게 받아들이는 사람들이 소수나마 생겨나고 있는 실정이다.

현재 50대 베이비부머들의 부모의 연령이 70대 중후반~80대로 볼 때 베이비부머들의 경제적 부담감은 나날이 더욱 증가할 것이다. 부모세대를 위한 수발비용과 봉양에 들어가는 비용 등 경제적 부담감이 급증할 전망이다.

경제활동 무대에서 베이비부머들의 은퇴가 시작되면서 사회적 혼란이 가속화될 것이다.

일명 '은퇴쇼크' 후 '노후 대란'이다.

  – 쓰리공 : 공감, 공생, 공유

아직 한참 일할 나이에 조기퇴직을 하거나, 퇴직 이후라도 적당한 일거리가 없어 고민하다가, 친구 따라 강남 가는 심정으로 배팅한 투자가 잘못돼서 퇴직금이 한 순간에 사라지는 위기를 체험하는 등 노후에 시련을 겪는 이들이 적지 않다.

뚜렷한 직업이 없거나 노후가 전혀 준비되지 않은 이들은 두고두고 심각한 사회문제로 이어질 전망이다.

A. 문제는 위축되는 아버지상이다

더욱이 염려되는 부분은 세대 간의 이념차이가 현저하게 벌어지고 있다는 점이다. 현재 50~70대의 부모들은 이미 100세가 되었거나, 80대 이상 이다.

전통적인 봉건적 사고와 현대적 사고가 공존해 세대 간 이념의 불균형이 초래되고 있어, 베이비부머들이 노년이 될 때는 과도기의 각 세대별 갈등이 우려되고 있다.

세대별, 계층별 이념과 문화·경제적 상황 등에서 많은 차이를 보이고 있으며 세대 간, 계층 간 차이점들이 조율되지 못한 채 곳곳에서 불협화음을 촉발시키고 있다.

18세기 유럽에서 시작된 산업혁명이 우리나라에서는 1960년대 박정희 대통령 때에 이르러서야 비토소 시작되었다. 핵가족화 붐이 일어나게 된 동기가 바로 산업화 사희로의 전환이었다. 산업화가 진행됨에 따라 농경문화의 대가족체계가 무너지고, 젊은 사람들은 농촌을 떠나 도시로 몰려들었다.

1970년대 근로자들이 해외로 수출되면서 젊은 사람들은 달러벌이에 앞장서게 되고 산업의 역군인 현재 50대 중후반~60대들은 멋진 가장으로서 군림할 수 있었다.

공업화와 하이엘리트 세대를 거쳐 사회적 · 문화적 변화가 혁명에 가깝게 급변하기 시작한 것은 1988년 서울올림픽을 치루고 나서부터이다.

여성들이 수십 년 동안 여권 신장을 위해 노력한 결과, 1990년대 이후 여권 신장을 부르짖는 여성계 움직임이 활발해지고 더불어 정부부처인 여성부의 활동과 역할이 두드러지면서 여성들의 사회 진출과 여권 신장은 한층 더 날개를 달았다.

음지가 있으면 양지가 있듯이 여성들의 사회적 입지가 넓어질수록 남성들의 입지는 점점 좁아졌으며, 그로 인한 부부간 불화, 가족 간 마찰 등으로 이혼율이 경제협력개발기구(OECD) 국가 중 미국에 이어 2위로 급성장됐다.

이러한 여성의 권익 성장은 이혼율 증가에 그치지 않고, 때때로 사회적 문제 파생에 일조를 하기도 했다.

한 예로, 각 학교별 교사임용 기준이나, 교사 배정율을 보면, 남성교원보다는 여성교원의 숫자가 높게 나타나고 있다. 나날이 드세지고 있는 학생들을 통제하기에 벅찬 여교사가 대다수를 차지하다 보니, 학교의 면학 분위기도 점차 차분함을 잃어가고 있다.

여성 비율의 증가는 교육계뿐만 아니라 법조계 역시 마찬가지다.

2001년에는 여성의 신규 판사 비율이 22.4%에서 2006년에는 64%를 차지했다. 여성의 신규 검사 비율은 2001년에 17.4%이고, 2006

년에는 44%였다. 여성 사법고시 합격률은 1983년에 3.7%였는데 2005년에는 44%였다. 법원의 고위직에도 첫 여성 헌법재판관과 대법관이 배출됐다.

이는 여권신장에 엄청난 발전을 가져왔지만, 반대급부에 내몰리는 아버지들은 사회와 가정에서도 점점 궁지로 몰려지고 있는 실정이다.

OECD가 '세계 여성의 날'에 발표한 여성평등지표인 '성·제도·개발(GID) 지수'에서 한국은 162개국 가운데 벨기에·네덜란드와 함께 공동 4위로 평가됐다.

GID 지수는 유엔개발계획(UNDP)의 여성개발지수(GDI)·여성권한지수(GEM)가 평가하는 여성의 교육·보건·출산·사회참여뿐 아니라 가족·사회의 규범·관습·문화까지 포함하는 것이다.

급변하는 가족관, 여성의 인격 신장, 남성의 사회적 입지 축소 등의 이유로, 우리나라는 현재 이혼율 2위라는 불명예의 몸살을 앓고 있는 것이다.

B. 이에 대한 대안은 없는가?

주변의 아버지들을 돌아보면 퇴직하신 분들이나 퇴직 이후 방황하시는 분, 우울증을 앓는 분들을 제법 쉽게 찾아볼 수 있다.

그분들과 대화를 나누다 보면 현직에 몸담아 수입이 있었을 때와 다르게 가족들, 혹은 부부간 다툼이 빈번하고, 사회적 상실감과 이탈감, 자존감 상실 등을 느낀다는 하소연을 자주 접하게 된다.

아직도 사회활동을 해야 할 대다수의 50~60대 연령층들이 거리로 내몰려 퇴직 후의 사회생활에 적응하지 못하고 표류하고 있는 것이다. 일명 끼인 세대들의 즐거운 노후를 위한 프로그램 개발이 반드시 필요하다.

노인층도 아니고 청장년층도 아닌 '끼인 세대'들에게 최우선 필요조건은 사회에 또 다른 적응을 위하여 동기부여가 가능한 프로그램을 개발하는 것이다. 대상자들이 각종 교육에 참여하여 스스로를 개발하고 자신의 삶을 다른 각도로 재조명하는 것도 하나의 방안이라고 생각한다.

나는 몇 분께 웃음치료사 과정을 안내해 드렸다.

"나는 늙어서 퇴직을 했으니까……" 혹은 "나는 나이가 들어서……"라는 패배적 사고를 벗어던지고 젊은 친구들 혹은 손자 같은 친구들과 화합하고 소통함으로써 다시금 자신감을 회복하는 것이 필요하다.

자원봉사 프로그램 등을 통해 자신보다 열악한 환경의 노인들 혹은 소외계층을 위해 할 일과 보람이 생성된다면 그들은 즐거운 노후를 맞이할 수 있을 것이다.

재물이란, 자신의 원대로 취득되지 않는 게 보통이다. 얻어지지 않는 재물에 대한 욕심보다 자신을 강화시키는 훈련을 통해 좀 더 젊은 노후, 젊은이들과 호흡하는 노후를 추구하고 영위할 때, 보람 있고 건강한 노후가 펼쳐질 것이다. 그러면 젊은 세대와의 마찰과 불균형도 많이 해소될 것이다.

이외에도 우리 사회에는 여러 가지 위험이 도처에 산재해 있다.

　　　　　　　　　　　　　　　　　　　　－ 쓰리공 : 공감, 공생, 공유

그중 가장 심각한 것은 저출산과 베이비부머들의 노후대란일 것이다. 그리고 지속적으로 고조되는 가족해체 문제일 것이다.

저출산으로 인해 현재 연간 출산율은 30만 명에 불과한 실정이다. 재원마련을 위해 조세부담을 책임져야 할 세대들의 미래 역시 어둡기만 하다.

사회적 공감대가 형성되지 않은 동기부여, 자기혁신은 무의미하다. 62세의 정년퇴직한 교직원이나 공무원은 연금에 의존하여 살아가지만, 사회적응을 위한 프로그램을 통해 마음의 평안을 찾고 사회의 일원으로서의 자존감을 향상시킬 수 있도록 제2의 인생설계를 위한 과정을 권장해야한다

C. 아버지들의 설자리가 점점 좁아지고 있다

개개인 각자가 인생의 즐거움을 느낄 수 있도록 긍정의 힘을 만든다는 것은, 세대와 계층을 불문하는 공감과 협력이 이뤄지는 정책이 있어야만 지속적으로 존속될 수 있기 때문이다. 우리 대한민국가족지킴이에서는 각 지자체별로 처한 상황에 맞는 사례 및 방안과 정책을 제안해 오고 있으며, 단순한 강의가 아니라 현실 적응을 위한 전문적인 프로그램 개발과 연구에 노력하고 있다. 우선은 당면한 세대들의 사고 변화와 자신감 회복을 통하여 사회적 문제점을 희석시키는 요인이 필요하다고 본다.

초기에는 사회적 비용과 예산이 소요되지만, 현실화가 되었을 때는 오히려 사회적 비용의 절감을 체험하게 될 것이다.

대한민국가족지킴이에서는 다각적으로 여러 프로그램을 개발하고 있으며, 많은 강사진들과 연구진들의 노고는 이 사회에 커다란 혁신과 도움이 될 것으로 확신한다.

 － 쓰리콩 : 공감, 공생, 공유

11

인터넷 대중매체의
위험한 진실

과거 필자가 어렸을 때는 신문이란 매체를 통해 세상을 읽고 라디오를 통해 정보를 전달받았다.

1970년대 학창시절을 보내고 1980년대 초반, 사회가 혼란을 겪었을 때 언론이 언제나 사실만을 보도하는 정직한 매체가 아니라는 사실을 깨달았다.

1994년 인터넷 보급이 시작된 우리나라는 2000년 이후 인터넷 사용자가 해마다 꾸준히 증가하여 2008년 11월에는 약 3,600만 명이 인터넷을 이용하고 있는데, 이는 만 3세 이상 인구의 76.5%에 해당하는 엄청난 숫자다.

한국정보문화진흥원에서는 만 13세부터 15세를 대상으로 인터넷 중독 실태조사를 하였더니 2.6%가 고위험 사용자로, 12.4%가 잠재적 위험자인 것으로 나타났다.

지나친 인터넷 사용은 알코올 중독이나 약물중독과 마찬가지로 청소년들에게는 학업, 심리, 사회성 등에서 심각한 문제를 일으키며,

성인들에게도 수면부족, 체력저하 등의 신체적 문제와 우울, 불안, 강박, 충동성, 사회공포증 등의 정신질환까지 초래하기도 한다.

우리 사회의 높은 이혼율과 자살률이 대변해주듯 억눌린 사회적 욕구, 개인적 욕구 등이 인터넷 게임 혹은 악성댓글을 통하여 대리만족으로 표출되는 경향이 점차 높아지고 있다.

가족의 해체와 인성 개발을 저해시키는 요인들이 인터넷을 통해 엄청난 파급효과를 가져왔으며, '보이지 않는 공간'이라고 양심을 저버린 범죄행위가 쉽게 발생되고 있다.

악성댓글을 달지 말자는 공익광고가 매일 여러 차례씩 텔레비전 화면을 가득 채우고 있는 실정은 바로 이 때문이다.

타인을 향한 비방과 비난으로 자신이 당한 억압을 보상 받고, 누군가를 희생시켜서 본인의 우월감을 느끼며 자격지심을 해소하려는 경향들이 만연해 있는 것이다.

서로 좋아하는 연예인이 다르다는 이유로 편이 갈리고, 진실조차도 파악되지 않은 소문만을 듣고 본인이 좋아하는 연예인을 편들겠다며 무차별적 사이버테러를 가하는 행위, 상대 연예인을 깎아내리고 비방하는데 열중하는 안티카페의 등장 등 그 폐해를 일일이 나열하기도 힘든 지경이 점차 확산되고 있다.

포털 사이트의 영향으로 기존의 언론사가 힘을 잃어가고, 진실한 정보 전달자로서의 언론의 역할이 퇴색되면서 사람들의 관심을 끌기 위해 경쟁적으로 일부러 자극적인 문구의 제목을 붙여 조회수를 높이려고 한다. 때로는 사실이 아닌 사건들도 마치 사실인양, 면밀한 확인 작업도 없이 보이는 단면이 전부인양 보도함으로써 정확한 진

　　　　　　　　　　　　　　　　－ 쓰리공 : 공감, 공생, 공유

실보도의 사명은 내려놓고 네티즌들의 관심만을 얻어내려 필사적으로 경쟁하는 것 같아 보인다.

세상이 이렇다보니 말도 안 되는 악플을 다는 사람들도 생기고, 또 그들의 기호에 맞춰 삼류 스포츠 신문의 단편기사 거리도 안 되었을 사건이 포털 메인에 떠서 마치 특종인양 전 국민을 순식간에 뒤흔들고 있다. 때로는 누군가의 개인적인 행위를 모든 사람들 앞에서 범죄자처럼 매도하기도 해서 그 가족들까지 엄청난 피해를 입기도 한다.

이런 사건들의 가장 큰 피해자는 일명 '공인'이라고 지칭되는 사람들일 것이다. 아마도 연예인이 가장 큰 위험수위의 악플을 일상처럼 겪으며 살고 있을 것이고 지혜롭게 대처하는 경우와 고통을 겪는 경우도 발생하고 있다. 심적인 억압과 울분과 고통을 참지 못하고 자살하는 연예인도 흔히 볼 수 있다.

인터넷 속의 세상은 창조성과 파괴성의 양쪽 공간을 만들어 놓고, 일부 네티즌들은 타인을 희생시켜 본인들의 콤플렉스나 스트레스를 풀면서 대리만족을 느끼지만, 누군가에게 상처를 주고 생명을 걷어가는 것은 씻을 수 없는 범죄행위음을 잊지 말아야 할 것이다. 보이지 않는 살인행위이고 범죄이기 때문이다.

그렇다면 댓글을 통한 세상과의 진실된 소통은 무엇일까?

아무리 익명이라지만 근거 없는 비난과 악의적인 댓글로 인해 피해를 겪는 당사자와 가족들은 우울증, 대인기피증과 같은 심각한 정신적 딜레마에 빠져 폐인이 되거나 극단적인 선택을 하는 예가 적지 않다. 잘못된 정보나 악플로 돌이킬 수 없는 지경에 빠져 사회적으로 재기하기 어렵게 되는 경우도 발생하기 때문이다. 예전엔 북한정권이 제일가는 공공의 적이었지만, 현재는 악플이 새로운 공공의 적으로 떠오르고 있다.

필자 역시 잘못된 소문과 악플로 인해 큰 고통을 겪은 경험이 있기에 그 심정은 충분히 공감하는 부분이다. 필자 역시 심한 공격적 테러수준의 악플로 그 이후 정신과 치료를 받아야할 만큼 충격을 받았고, 원인불명의 극심한 편두통으로 수년간 무척 아팠으며 심각한 정신장애를 보인 적도 있었다. 그 이후, 필자와 같은 피해자를 만들지 않기 위해 이를 악물고 사회복지학을 공부하며 각종 단체 활동과 사회활동에 앞장서다 보니 죽고 싶었던 만큼의 힘든 상처도 차츰 아물며 오히려 악플을 다는 사람들의 불편한 마음을 읽을 수 있었다.

노력하는 엄마의 진솔한 삶을 본 작은 아들은 "우리 엄마가 절대 그런 분이 아니라는 것을 세상에 보여 주겠다"며 스스로 열심히 공부하더니 내신 1등급을 꾸준히 유지하고 결국 원하는 서울대학교에 정시로 당당하게 합격하여 필자에게 큰 위안을 안겨주었다.

가족이란 끈이 가장 큰 치료약이었다. 악플로 고통을 겪을 당시를 생각하면 끔찍하도록 힘들고 죽을 만큼 힘들었지만, 지금은 그들을 이해할 수 있고 조력자가 될 수 있어 그 체험 역시 감사하게 생각한다. 필자는 언젠가부터 인터넷 악플러들이 참 안타깝고 가엾게 느껴졌다. 그들은 악플을 통해 스스로 무언가에 대한 대리만족을 얻으려고 하겠지만, 타인의 감정과 판단에 의해 희생되는 사람이 적지 않다는 것을 명심해 줬으면 좋겠다.

예전에 고향 선배님이신 이덕노 명장을 뵈러 서울 이태원 힐튼양복점에 갔다가 '대추나무 사랑 걸렸네' 와 '수사반장'에 나오시던 탤런트

김상순 씨를 뵙게 되었다. 참고로, 힐튼양복점 대표 이덕노 씨는 전 세계 국가정상 100여 명의 양복을 제작한 '양복의 명장'이다. '양복으로 세계를 평정한 민간외교관'이라는 제목으로 뉴욕타임즈에 집중 조명된 바 있으며, 'SUIT DOCTOR'라는 별칭으로 불리고 있는 대한민국의 자랑스런 거장이다.

얼굴에 수심이 가득하셔서 어떤 영문인가 여쭈었더니, 몇 년 전 평소 알고 지내던 지인과의 점심식사 자리에 참석했다가 연예인 지망생 부모로부터 금품을 수수한 것으로 오해받은 적이 있다며 자세한 내막을 필자에게 들려주셨다. 돈 받은 사람이 잠적하는 바람에 김상순 씨가 사기혐의로 고소를 당해 조사를 받았으나 무혐의로 밝혀졌는데, 당시에는 피가 거꾸로 솟는 것처럼 억울하고 원통했지만 3년이란 시간이 흐르는 동안 잊혀진 과거가 되는 듯 했단다. 김상순 씨의 기억에서는 지나간 과거사가 도 었건만, 유독 인터넷만은 과거사로 덮어주질 않더라는 것이다.

인터넷에 '김상순'을 검색하면, 그 당시 기사들과 댓글들이 마치 어제의 일처럼 홍수를 이루다보니 그로 인해 드라마, 광고 등 모든 섭외가 끊어졌다고 하소연을 하셨다. 어쩌다 섭외가 들어왔다가도 며칠 만에 취소되는 일이 계속 반복되고 있다는 것이다.

김상순 씨는 아무 혐의도 없는 자신이 인터넷에 게시된 내용만으로는 아직도 사기범죄자 같다면서 아즈 불편한 심경을 털어 놓으셨다.

연예인들은 고정수입이 없기 때문에 일거리가 생성되지 않으면 생활이 막연하다는 것이다.

그 당시 그분의 인터뷰 내용은 다음과 같았다.

“지인이 함께 점심이나 먹자기에 식사자리에 나갔을 뿐인데, 본인도 모르는 사이에 사기꾼의 사기행각에 들러리를 서게 된 거죠. 돈을 건넨 사람은 ‘김상순 씨가 공인이기 때문에 김상순 씨를 믿고 돈을 준 거다!’라고 주장하며 사기로 고소를 하기에 이른 겁니다. 그 사건으로 인한 후유증을 지금까지 앓고 있습니다.”

그의 하소연을 듣다보니 필자의 과거 경험 등 만감이 교차했다. 일흔 다섯 평생을 통해 국민들을 울고 웃게 하셨던 국민배우의 말로가 어이없게 망가져버린 것이 한없이 안타까웠다.

그래서 “술은 술로 풀랬다고, 인터넷으로 인한 상처를 인터넷으로 풀어봅시다”라고 제안해서 조촐하지만 진솔한 해명의 자리를 마련했었다.

좋은 댓글 달기 운동도 좋지만, 그보다 먼저 상대방 입장이 되어보는 성숙한 시민정신 함양을 위한 사회풍토 조성에 노력하자고 제안하고 싶었다. 또한 언론도, 국민들 각자도 진실을 꿰뚫어 보고 분별할 수 있는 능력을 키웠으면 좋겠다.

“~가 ~라면서?” “~가 ~했다며?” “그래? 어머, 어머, 세상에! 그게 인간이야?”

오해와 편견을 딛고 ‘참고 인내하다 보면 좋은 날이 반드시 오겠지’하고 생각하며 각자의 삶을 사회에 공헌하며 열심히 살아가면 된다고 다짐하기도 했다.

필자가 가족지킴이라는 기관을 설립하게 된 동기와 공익사업에 열심인 이유도, 필자가 살아온 체험을 바탕으로 희망을 전달하고자 함이었던 것이다.

          – 쓰리공 : 공감, 공생, 공유

12

명절 –
어머니가 그리워지는 추석

어린 시절, 명절이 다가오면 괜시리 설레고 들떠서 며칠 전부터 마음이 바빠졌다.

어머니는 방앗간에 가서서 불린 쌀을 빻아 오시고, 이내 송편 만들 준비를 하시느라 분주히 부엌을 오가셨다. 송편 속은 왜 그리도 달콤한지 몰래몰래 훔쳐 주워 먹는 기분이 스릴만점이었다. 함께 거들어 만드는 척하고 몰래 주워 먹다 들켜서 혼나던 그 시절.

솔잎을 깔아 송편을 얹고 쪄낸 그 맛!

대가족이다 보니 사흘 전부터 음식준비를 하느라 집안 곳곳이 정신없었다.

짚으로 놋쇠 그릇 닦아놓고, 제기도 꺼내놓고, 푸줏간 집 아주머니가 함지박에 고기 담아 팔러 오시면 툇마루 끝에서 고기를 내려다보며 흥정하시던 무서운 호랑이 할머니의 위엄!

1890년대에 태어나신 그 할머니는 고향에서는 알아주던 무서운 마님이셨다.

　어린 시절 머슴이 많았던 우리 집은 삼삼오오 부엌으로 많이도 모여 들었다.

　무서운 할머니 몰래 먹을 것을 챙겨주시던 우리 어머니.

　명절이 되면 온 집안이 북적대고 우물가로, 부엌으로, 대청마루로, 각 방마다 손님과 일하는 머슴들로 가득했었다. 어린 마음에 그렇게 손님이 많은 명절이 참 좋았다.

　이제 쉰을 넘기며 고향이란 울타리가 때로는 높게 느껴졌던 때도 있었지만, 나이가 더해지면서 고향의 향수를 조금씩 진하게 느끼고 있다. 노인복지학을 공부하다 보니 노인들에 대한 일상과 지식은 물론, 옛 어른들의 지혜와 경험의 토대에서 얻어지는 슬기를 터득해가고 있는 나를 발견했다. 나는 선친께서 잠들어 계신 천주교 공원묘지를 무척 좋아한다. 많은 이들의 영혼이 함께 안식하면서 늘 반겨주는 듯한 푸른 봉분들.

　선친께서는 선산을 마다하시고 천주교 공원묘지를 스스로 선택하셨다. 아마 사후에도 주님의 은총을 받고 싶은, 신에 대한 갈망 내지는 절박함 이었을 듯싶다.

　20년 전 아버지께서 간경화로 세상을 떠나실 때, 스스로 십자가를 품에 안으시며 주님을 받아들이셨다. 짧은 인간 세상에 대한 회한을 안은 채…….

　그렇게 아버지께서 떠나신 후, 그 넋의 흔적을 찾아 배회하던 나의 영혼들! 이제는 나 역시 세상살이의 비좁음과 허탈함을 깨달아, 서서히 소풍 나왔던 이 세상을 되돌아보게 되었는지도 모른다.

　고향의 재경 면민회 임원으로 활동하면서 느낀 점은, 나 자신부터

　　　　　　　　　　　　　　　　　　- 쓰리공 : 공감, 공생, 공유

선후배들에 이르기까지 노화가 진행되면서 옛 향수의 추억 속으로 자주 빠져들면서 어린 시절의 기억 속으로 되돌아가고 싶어 한다는 것이다. 모임에 나갈 때마다 나이 오십 줄을 넘긴 사람들이 서로를 반기며 어릴 적 추억을 함께 되새김질 하는 모습을 보곤 한다.

어느새 한껏 늙어버린 고향 선배들의 얼굴에서 그 옛날 순수한 동심의 세계에서 뛰놀던 개구쟁이 눈빛들이 읽혀진다. 그들과 나의 세상이 오래도록 아름답기를 기대해 본다.

필자의 학창시절에 유행하던 노랫말을 흥얼대다 보면 감성은 이미 소녀로 거슬러 올라간다. 열여섯 스녀였던 나는 책을 끼고 책속에 파묻혀 문학소녀의 꿈을 키웠었다.

사람들은 나보고 '참 맑은 사람이다'라는 표현들을 한다.

필자는 그럴 때마다 대답하는 말이 똑같다.

"철이 아직 덜 들어서 그래요."

철이 덜 들었다는 것은 아직 소녀 같다는 의미를 담은 응수방법이다.

가을의 입구에서 선선한 빗줄기가 내린다.

명절기운의 흙 내음이 향기롭다. 그래서 흙을 무척 좋아한다.

문학적인 표현을 빌리자면, 흙은 생명의 근원이며 모체이자 우주이기 때문이다.

포장된 콘크리트 숲은 단정하고 깔끔할 수는 있으나, 순수의 모습이 인공적인 돌로 덮어씌워졌기 때문에 숨이 막힌다.

인간에게도 콘크리트 숲 같은 부류의 사람들이 많다. 말 그대로 콘크리트 숲 같은 사람들은 포장되어 인간적인 향이 없다.

나는 자연주의자여서 나의 모체인 흙으로 돌아갈 마음을 품고 산다. 흙은 나의 어머니이자 고향이라고 생각하기 때문이다. 흙이 겨우내 움츠렸던 온몸을 털고 생명의 기지개를 활짝 켜면, 꽃망울이 고개를 치켜들며 화려한 부활을 예고한다.

흙과 사람, 성경대로라면 사람은 흙으로 빚어졌다. 흙과 사람은 동일한 하나의 물질이다.

자연 속에서 흙을 벗 삼아 살아가는 이들의 삶이 평안해 보여 부럽게 느껴진다.

도시 한 가운데 콘크리트 더미에서 발버둥 치며 사는 현대인들이 주말만 되면 막히는 도로에도 아랑곳없이 교외로 외곽으로 떠나는 모습은, 흡사 쑤셔놓은 개미굴을 연상시키곤 한다. 그 이유는 바로 흙 내음 나는 자연이 고파서일 것이리라. 나는 흙같이 자연친화적인 사람이 좋다. 포장되지 않고 덧 씌워지지 않은 사람, 황토 흙처럼 부드럽거나 혹은 마사토처럼 푸석푸석한 사람. 기억 속 어린 시절의 어머니 모습을 그리며 쓰던 시가 있다.

이미 고인이 되셨고, 지금까지 생존해 계셨다면 아흔이 훨씬 넘었을 분들이지만, 아버지와 어머니에 대한 그리움을 가끔씩 글로 써보곤 한다.

명절이 다가오면 나는 홀로 과거로의 여행을 떠나고, 과거에 내가 살던 집 넓은 앞마당을 어지러이 돌고 골목골목을 누비며 친구들의 이름을 불러댄다. 부모님이 세상을 떠나신 이후, 명절이면 나는 늘 혼자다.

마땅히 갈 곳도, 찾는 이도 없는 혼자. 그래서 명절이 되면 옛 향수

   – 쓰리공 : 공감, 공생, 공유

병이 아주 심하게 도지곤 한다. 이혼이란 틀로 가족이 해체되면서 요즘의 명절은 필자에게 상당히 외롭고 고독한 명절이 된 것이다. 아련하게도 검게 그을린 부뚜막은 어머니의 숨결로 가득하다.

1975년으로 되돌아가―

"엄마!"

눈 감은 나는 어느새 엄마의 모습을 찾아 고향집 이곳저곳을 헤집고 있다.

내 어머니의 눕던 자리는 하얀 잿더미 같은 자리!

내 어머니의 일터는 검게 그을린 부뚜막이었고 그곳엔 삼십 촉 백열등이 그네를 탔었다.

두레박으로 퍼 올린 빙수 같은 우물로 가마솥을 배불리 먹이고 나면, 어느새 어머니 이마에는 송글 송글 땀방울이 맺혔고, 너풀너풀 헤진 행주치마 자락이 어머니의 이마를 훔치곤 했다. 부엌 일이 끝나면 자정 가까이 새벽이 맞도록 할머니 한복을 지으며 숯불로 인두질을 하시던 내 어머니!

어머니 곁 자락엔 비릿한 반찬 니음이 가득하고, 어머니의 손바닥이 스치면 수세미가 볼을 핥은 듯 순간의 아픔이 있었다. 그러던 어느 날, 그 푸근한 향수 속에 머물던 어머니의 영상은 사기그릇 깨진 듯 날카로운 독설가로 변하셨고, 노쇠해진 정신력 때문인지 섭섭한 말씀만을 골라 흩뿌리다가 세상을 떠나셨다.

어머니가 돌아가신 후, 그녀의 빈자리에서 존재감을 깨달은 나는 그녀의 무덤가에서 가끔 노래를 부르곤 한다.

올해도 어김없이 추석 명절이 찾아왔다.

검게 그을린 부뚜막 한 끝에서 저린 허리를 홀로 두들기시던 어머니가 보고 싶다. 그 어머니는 백일 때부터 필자를 길러주신 아버지의 본부인 큰어머니셨다.

필자의 느낌 그대로 그리움을 내 아들도 지금 어머니께 간직하고 있을 것이다.

그것이 살아가는 정겨움의 흔적이 아닐까?

 　　　　　　　　　　　　　　　　　　　－ 쓰리공 : 공감, 공생, 공유

13

효자의 반란

2011년 7~8월 각 장기 요양시설들의 평가 기간이라 필자는 월요일부터 금요일까지 정신없이 강행군을 펼치며 강의하느라 피곤에 지친 나머지 그 당시 고3 수능생인 작은아들을 챙기지 못했었다. 게다가 문화공연 분야를 노인문제 혹은 소외계층의 사회복지로 연결해 풀어볼 요량으로 뮤지컬도 몇 번 보러 다녔었다.

늘 방안에서 음악을 들으며 혼자 알아서 소리 없이 공부를 해오던 작은아들은 고맙게도 필자가 고3 수능생의 엄마라는 사실을 잊고 살 만큼 필자의 마음을 편하게 해줬었다.

남들은 자녀들의 사춘기로 고민을 하고 수능반 가족들은 숨도 크게 못 쉬고 산다는데, 필자는 아주 부드럽고 조용한 시간을 보내왔었다. 그러던 어느 날, 필자에게도 고3 엄마들이 겪는다는 홍역이 갑작스레 찾아왔다. 작은아들의 급작스런 변화로 인하여 필자의 집안은 급격한 빙하기에 직면했고 크고 작은 신경전이 연일 벌어진 것이다.

추석 명절 연휴 기간이었다. 갑자기 예민해진 작은아들이 식구들을 상대로 온갖 스트레스를 감당키 어려울 만큼 부려댔다. 사사건건 매사가 불만이고 시비였다.

처음엔 이유를 몰랐다. 조금 참아주다가 하도 화가 나서 필자 역시 강압적인 태도를 취했다.

남들 다가는 학원을 안 다니면서도 내신 1등급을 유지해 온 아들의 갑작스런 변화에 대해 미루어 짐작컨대, 처음엔 여유롭게 준비하던 수능인데 시험일이 가까워 올수록 심리적인 불안감이 생겨났던 모양이다. 처음엔 S대를 가겠다고 큰소리 뻥뻥 치며 노래도 부르고 게임도 하며 여유를 부리더니, Y대 물리학과 입학사정관제에서 60:1이란 엄청난 경쟁률 앞에 좌절을 맛보고 난 후 심리적으로 상당히 위축이 되었나보다.

엄마로서 바라보는 안타까운 심정이야 말로 다 표현할 수 없지만, 어찌해 볼 도리가 없었다.

필자는 그래도 위풍당당하게 "좋은 대학보다는 좋은 인성을 갖춰라!"며 호기를 부렸었고, 아들은 슬며시 미소를 띠며 이 말을 받아들였었는데 더 이상 약발이 안 먹혔다.

결국 가족 간 소통의 부재를 가져왔다.

Y대와 K대 물리학과 수시모집에 응시한 이후로는 상당히 예민하고 스스로도 제어가 안 된다고 호소할 만큼 날카로워지면서 저항적으로 변하기 시작했다. 전혀 예상치 못했던 날벼락을 갑자기 맞은 필자의 가정은 그날부로 평화와 이별했다.

필자는 아이들에게 학원이나 기타 사교육을 시키는 대신 그 돈을 모았다가 방학 때마다 해외여행을 보내면서 견문을 넓히도록 지도해

　　　　　　　　　　　－ 쓰리공 : 공감, 공생, 공유

왔고, 그것을 더 가치 있게 여기며 성적에 크게 연연하지 않았었다. 성적보다는 인성이 더 중요하다 생각하며 살아왔기 때문이다.

그런데, 현실은 필자를 갑자기 외면하는 것 같다.

작은아들의 중학교 때 영어성적은 10점대였다. 물리, 과학, 수학은 우수했는데 영어는 기가 막힌 하위권이었다. 문득 이래선 안 되겠다 싶어 뉴질랜드 옆 피지로 유학을 보내게 되었다.

지인이 운영하는 곳으로 유학을 간 지 3개월 만에 초등부 영어에서 중등부를 떼고 고등부로 입문하더니 영어 콘테스트에서 1등을 하는 기염을 보였고, 그쪽 기숙학원 관계자들도 놀라워했다. 유학을 간 지 7개월 만에 외국인과의 대화가 가능한 상태가 되었지만, 필자의 경제사정으로 귀국길에 올라야만 했던 것이 못내 아쉽다.

다시 고등학교 1학년으로 복학한 후, 2학기부터 성적을 올리더니 계속 내신 1등급을 유지했다. 그러면서도 늘 미소와 여유를 지니고 컴퓨터 게임대회도 나가 수상을 하는 등 수능공포와는 전혀 무관한 생활을 이어왔었다.

평범하기보다는 독특하면서도 긍정적인 아들을 대견하게 여기며 타인들에게 큰 소리로 자랑하고 다녔고, 가슴 가득 뿌듯함을 만끽하며 살아왔다. 주말이면 성당에서 학생회 활동도 하고 고등학교 3학년 1학기 까지도 여유를 부려가며 걱정 말라던 아들!

그런 아들도 수능이 다가올수록 불안감과 스트레스의 무게가 나날이 커졌는지, 점점 예민하고 날카로워지고 짜증이 늘어났다.

그동안 우리의 삶은 타인들이 부러워 할 정도로 편안했고 정신적 여유를 누렸었다. 필자의 네 자녀들은 각각의 개성과 재능들이 정말 독특하다. 필자는 청소년 일탈의 문제가 우리 가족과는 무관한 이야기라며 살아왔는데, 고3 수험생의 급격한 변화로 올해 추석은 정말 많이 아프고 힘들었다.

엄마를 가장 이해하고 사랑한다던 아들, 필자에게 가장 힘이 돼주던 아들이었기에 더 힘들고 아팠다. 수능을 앞두고 아무런 예고도 없이 갑자기 켜진 빨간 불. 그렇게도 돈독하던 모자관계에 추석날 전후로 빨간불이 켜진 것이다.

날카로워진 아들 때문에 그동안 그 아이에게 가져왔던 편안함이 두려움으로 바뀌었고 언제 깨질지 모르는 살얼음 위를 걸었다. 막내딸은 오빠의 심각한 히스테리에 시달리며 좌충우돌하면서도 혼자 툴툴거릴 뿐, 오빠를 잘 이해해주고 있었다. 그러나 정작 필자는 이해하기가 힘들었다.

정말 힘들면 성적에 맞게 낮춰서 대학을 선정하면 될 텐데, 나름의 포부와 야망이 어찌나 강한지 오로지 SKY만 외쳐대면서 스스로와 가족들의 속을 볶고 있었다.

주변 사람들이 흔히 말하는 "산에서는 산삼이 왕이고, 바다에서는 해삼이 왕이고, 집에서는 고삼이 왕이다"라는 말을 떠올리며 나름 이해하려고 많이 노력했다.

그런데 가장 든든하게 믿고 의지했던 작은 아들의 반란에 속절없이 당하고는 심하게 앓게 되었다. 예민한 탓에 필자는 사흘이나 잠을 못 자며 억장이 무너지는 시간들을 경험했다.

어찌할 바를 모르고 충격으로 지쳐가는 엄마의 모습이 측은했던지, 아들은 다시 예전의 모습으로 돌아와 언제 그랬냐는 듯 평안하게

 – 쓰리공 : 공감, 공생, 공유

공부를 하기 시작했지만, 예전과 달리 폭발의 빈도가 잦아졌다.

그 당시 필자는 온누리교회에서 진행하는 아버지학교를 탐방하는 기회를 가졌다. 그곳에서 강연을 들은 후, 크게 느낀 바가 있어서 작은 아들에게 "사랑한다"라는 어색한 문자를 보냈다. 야간자율학습시간이었을 텐데 아들에게서 바로 답장이 왔다.

"저도요~ 그리고 죄송해요! 사랑해요 엄마!"

그날 밤, 시간이 늦도록 작은 아들과 많은 대화를 나눴다. 아들은 정서적인 안정을 되찾은 듯 밝은 얼굴로 자신의 포부와 진학의 꿈을 들려줬다. 그동안 고3 수험생 엄마로서 너무도 방임했던 필자는 아들에 대한 생각을 새롭게 정리하며 모든 고3 수험생들이 겪는 대한민국의 수능병폐에 대해 많은 감회를 느끼게 됐었다.

작은 아들은 '엄마에게 효도해야 한다'는 개념이 강한 아이다. 그래서 지금 자신이 할 수 있는 유일한 효도의 길이 공부라고 생각하는 아이이기도 하다.

나는 아들에게 말했다. 타인을 위한 삶이 아닌 너를 위한 삶을 향해 가라고 전달했다.

하늘에 감사하고 자식들에게 고다운 것은, 편모 가정임에도 불구하고 바르고 반듯하게 잘 성장해준 점이다. 자식의 꿈이 실현될 수 있기를 기원하는 엄마의 마음은 모드가 같을 것이다.

해마다 겪는 이 땅의 고3 엄마들 모두에게 행복한 결과가 있기를 기원한다.

학교를 다니는 동안 1등급 성적을 유지하면서도 사교육비가 들지 않았었고, 스스로 학습하는 것을 당연한 것으로 여겨왔던 필자의 태도에도 문제가 있었음을 깨달았다. 그동안 아들의 성적에 대해 심각한 고민을 해보지 않았었기에 학교에도 찾아가지 않았었고 마음과 말로만 응원해 왔었다.

평온했던 아들이 수능이 다가올수록 예민해지는 것을 보면서 '많은 수험생 가족들이 살얼음판을 걷는 기분으로 살고 있겠구나' 하는 생각을 하게 됐다. 어쩌면 필자가 겪는 것보다 더 큰 염려와 긴장감 속에 살고 있었는지도 모른다.

아들이 고2였을 때, 일본으로 여행을 보냈더니 담임선생님이 이해하기 어렵다는 반응을 보이셨다. 그러나 필자는 쉴 때는 쉬라며 일본 간사이에 사는 지인 집으로 열흘 동안 여행을 보냈었다. 넓은 세상을 보며 어떤 꿈을 지니고 진로를 설계할지가 더 중요하다고 생각했기 때문이다.

본인 적성과 무관하게 성적에 맞춰 진학해서 갈등과 휴학을 반복하는 그런 오류를 범하게 하고 싶지 않았다. 아들은 유쾌히 겨울여행을 다녀왔다. 막둥이 딸도 마찬가지다.

해마다 방학 때면 가까운 나라로, 멀리는 피지로 여행을 보냈었다. 결국 아들은 원하는 서울대학교를 진학할 수 있었고, 스스로 공부하고 노력한 시간과 열정만큼은 엄마로서 누구보다도 잘 알고 대견하게 생각하기에 작은 아들 녀석이 정말 자랑스럽다.

아버지의 부재 속에서도 부끄러움 없이 당당하게 성장한 우리 아이들. 일탈하지 않고 잘 자라준 보배들에 감사한다.

아버지학교 프로그램을 통하여 '아버지'란 존재 의미에 더 깊은 관심을 갖게 되면서, 아이들을 위해 내가 무엇을 해야 하는지를 깨닫게

　　　　　　　　　　　　　　　– 쓰리공 : 공감, 공생, 공유

됐다. 그동안 필자는 아이들에게 아버지 없이 살게 한 것에 대한 막연한 미안함을 항상 가지고 살아왔었다.

그저 막연한 미안함은 아버지와 함께 사는 아주 평범한 일상을 누리도록 해주지 못해 미안하다는 죄책감. 그렇지만, 이제부터는 달라지기로 했다. 막연히 미안해하기보다는 아버지가 아이들에게 해주어야 할 역할을 엄마인 필자가 해주겠다고 말이다.

아버지학교 프로그램은 상상이상으로 훌륭했다.

아버지가 왜 아버지인지, 아버지의 역할과 아버지의 행동 하나, 말 한마디가 자녀들 인생에 어떤 영향을 끼치는지, 자녀를 위해 아버지로서 마땅히 해야만 하는 일 등등 정말 유익한 내용들이 많았다. 이 땅의 모든 남자들이 아버지학교 프로그램을 이수하고 실생활에서 이를 10%만 이라도 실천한다면, 아마도 이혼에 이르는 가정은 사라질 것 같다.

"비행청소년이 뭐야?" 하는 시대가 올 것 같기도 하다. 아버지학교의 첫 주 강의를 바탕으로 필자의 아버지를 돌이켜 생각해 봤다. 필자의 아버지는 지금 이 세상에 안 계시지만, 아직도 필자의 무의식 속에 살아계시면서 필자의 삶에 중요한 역할을 하고 계셨다.

필자 인생에 있어서 굉장히 중요한 지도자이며, 고비마다 버팀목이 되고 계셨다.

아버지에 관한 이야기는 다음에 따로 하기로 한다.

다시 수능 얘기로 돌아와서, 필자보다 먼저 수험생 엄마 역할을 겪어본 선배들의 얘기를 전한다. 고3 1년 동안을 살얼음판 위에서 지내고 나니, 대학 입학 후 아들이 나라의 부름을 받고 군에 입대했단다.

긴 시간 공부와 사투하다가 이제 겨우 억압에서 벗어났나 했더니, 이 번에는 군대에 불려가더라는 것이다. 그 예쁜 머리 빡빡 깎고 떠나는 아들의 뒷모습을 보니, 그동안 참았던 감정이 폭발하여 눈물이 주체할 수 없더란다.

결국 수능이 끝이 아니다. 긴장감이 풀리고 나면 이별이 기다린다. 또 다른 선배 엄마는 "전쟁 같은 수능기 1년이 지나고 나면 평화가 오는 것이 아니라 등록금 전쟁이 시작된다. 한 두 학기 지나고 군대 입대하고 나면 아들의 빈자리 때문에 공허하고 우울해져서 자꾸 울게 되더라"고 전했다.

고3 수험생 본인뿐만 아니라 온 가족에게 긴장감과 심각한 스트레스를 안겨주는 고3병과 곧 이은 이별의 공허감. 언제쯤 우리 사회는 이런 환경에서 자유로워질 수 있을까?

모든 부모들이 마찬가지겠지만 필자 역시 얼마 남지 않은 수능일까지 초긴장상태를 면하지 못할 것 같다.

결국 2011년 11월 수능을 치렀고 무사히 서울대학교를 정시로 합격하고 한때 반란을 일으켰던 효자 아들이 대한민국가족지킴이 월간 가족 창간호에 올린 수기는 다음과 같다.

아들의 글

저는 초등학교 · 중학교 시절 성적이 중 · 하위권에 속하는 학생이었습니다. 그 시절 저는 철없이 컴퓨터게임(물론, 지금도 하고 있지만)이나 친구들과 노는 것에 빠져 공부는 뒷전이고 어릴 때부터 저희를 홀

        – 쓰리공 : 공감, 공생, 공유

로 키워 오신 어머니께 매일 죄송스러운 모습만 보여드리곤 하였습니다. 하지만 어머니께서는 나쁜 성적을 받아와도 나무라지 않으셨고 착하고 밝게만 자라달라고 당부하셨기 때문에 성적으로 인한 마찰은 없었습니다.

어머니께서는 오래전부터 두 가지 큰 고민을 갖고 계셨는데 금전적인 고민과 가족에 관한 고민 두 가지였습니다. 어린 시절부터 어머니께서는 제게 형과 누나가 있다고 말씀해주셨고, 그때까지만 해도 매일 형과 누나가 보고 싶다고 저와 제 동생에게 얘기를 하시곤 하셨습니다. 그런데 제가 초등학교 2학년인 시절 누나를 만나게 되었고 또 얼마 뒤 형의 존재에 대해 알게 되셨습니다. 누나 같은 경우에는 어머니께서 계속 연락을 하셔서 계속 만나왔지만, 제가 중학교 2학년 때 형 같은 경우에는 무슨 이유에서인지 몰라도 어머니와의 연락을 단절하였습니다. 이때, 여론에서는 'ㅇㅇ 친모가 금전적인 목적을 위해 아들에게 접근하였다.' 라고 분의기를 조장하였기 때문에 어머니는 한동안 인터넷 악플이나 비꼬는 식의 휴대전화 연락으로부터 시달리셔야 했습니다. 곁에서 보고 듣는 저희들은 살얼음판 같은 분위기를 보고 느껴야 하는 사춘기를 보냈습니다.

어머니께서는 사업실패 후 불우한 상황에 있으셨기 때문에 또한, 한낱 개인이었기 때문에 아무런 대응도 할 수 없으셨고 그때부터 당당하게 아들을 만나겠다는 다짐 하에 학업과 가족 복지일을 적극적으로 하시기 시작하셨습니다. 그러나 소위 말하는 인생역전은 쉽게 터지는 것이 아니었고, 원래 빚이 있으셨던 어머니는 진행하는 교육사업이 잘 안 되고 세간의 오해로 인해 스스로 감당하기 힘들어지자

매일 밤마다 우시기 시작하셨습니다.

그렇게 1년 정도 실패를 거듭하시고 감정 기복이 심하셨던 어머니께서는 문득 저희를 너무 소홀하게 키웠다고 생각하시곤 갑자기 저를 위한 유학준비를 하시기 시작하셨습니다. 저와 제 동생은 '말도 안 된다. 공부도 잘하지 못하고 돈도 없는데 무슨 유학이냐?' 하면서 반대를 했지만, 한번 정한 일에 대해선 고집이 세신 어머니를 말리기엔 역부족이었습니다. 형에 대한 주변의 오해로, 나머지 자식들이라도 결심을 하신 듯했습니다.

매일 놀기만 하던 저는 그제서야 상황을 인식하고 말로 표현할 수 없었던 그 막막함을 해결하고자 마음을 먹기 시작하였습니다. 그 후 모든 사람들이 안 될 거라고 말하는 것들은 한 귀로 흘려버리고 엄마의 소망대로 열심히 공부를 하기 시작하였습니다.

이때 저에겐 기본적인 신념 두 가지가 있었습니다. 언급하자면 지금까지의 내용과 약간 동 떨어진 내용이긴 하지만, 첫 번째 것은 우주 내 모든 사건에 대해서는 어느 정도 확률이 존재한다는 것이었습니다. 예를 들면 이러합니다.

'좋은 대학에 나온다고 무조건 성공하는 것이 아니다. 돈 많은 부모를 만난다고해서 무조건 삶이 평탄한 것은 아니다. 또한, 반대로 대학을 나오지 못했거나 무명 대학에 들어갔다고 실패하는 것도 아니며 돈이 없다고 실패하는 건 아니다. 이건 누구나 아는 사실이다. 이미 스티븐 잡스나 오프라 윈프리처럼 안 좋은 상황에서도 성공한 사람은 얼마든지 있다. 또한 엘리트 코스를 밟았지만 병에 걸려 일찍 죽은 사람들도 얼마든지 있다. 즉, 정확히 말하면 남들보다 유

리한 위치에서 시작하는 것은 성공할 확률을 높일 뿐 성공하는 것은 아니다.'

이러한 확률적 믿음에 한 가지 통념을 붙여 또 한 가지를 생각해낼 수 있었습니다.

"일반적으로 나에게 큰 이익이 되는 일은 성사될 가능성이 낮다. 어디 서점을 가든지 있는, 역경을 이겨내고 큰 성공(대박)을 이뤄내는 스토리가 나에게도 적용된다고 보는 건 너무 낙관적이다. 왜냐면 너무 자명하게도 친구가 만 원짜리 지폐를 빌려줄 확률이 5만 원짜리 지폐를 빌려줄 확률보다 크고, 남이 나를 위해 일주일을 투자할 확률이 한 달을 투자할 확률보다 크기 때문이다. 그렇다면 내가 해야 할 일은? 확률에 맞춰 행동하자. 일단 작은 일부터 하자. 어차피 큰 일은 성공확률이 낮다. 또, 내가 지금부터 이것을 시작할 때 성공확률이 70%라고 치자. 그럼 실패할 확률 30%에 대비하여 다른 장치를 마련해놓자. 그리고 그 과정을 반복하여 어느 정도 무시할 수 있는 확률에 도달했을 때 그 일을 시작하자. '이거 아니면 끝이다.'란 사고는 버리자! 또한 사람들이 '이거 중요할 수도 있으니까 이거 하라, 저건 중요하니까 저거 하라.'에 맞춰 내가 하려는 일과 관계없는 것들을 준비해서 이도저도 아니게 되기보다는 내가 진행할 일에 대해 이해하고, 그것에 적절한 준비를 통하 최대한의 확률을 높이자! 즉, 효율성을 극대화시키자!"

사설이 길었지만 이것이 첫 번째 믿음이었습니다.

두 번째 믿음은 '인간의 생각이 세상에 영향을 줄 수 있다'였습니다. 이것은 어찌 보면 너무 당연한 말입니다. 사람들 중 상위 재벌들의 생각에 따라 세상이 흘러가고 있는 지금 설명이 필요 없는 말이지만, 제가 믿었던 것의 정확한 의미는 '행동이 있으면 영향을 주는 건 당연하다. 하지만 생각이란 것은 아무런 행동 없이도 내 · 외부에 영향을 줄 수 있다. 였습니다.

이미 긍정의 힘에 관련된 도서들이 여럿 나왔는데, 그 책들의 기본 틀인 '오직 생각만으로도 변화를 유도할 수 있다.'를 공유한 것이었습니다. 이 내용은 이미 물리의 여러 학문 중 '양자역학'이란 분야에서 다뤘기 때문에 신빙성이 있지만, 사실 과학계에선 정말 미세한 영향만을 인정하기 때문에 지금 제 믿음까지의 비약은 어처구니가 없을 수도 있지만 저는 이것을 두 번째 믿음으로 삼았고 최종적으로 지금까지 언급했던 이 두 가지 믿음을 통해 유연하게 행동하여 당당하게 목표를 성취해 냈다고 마음을 먹게 되었습니다.

고등학교 과정 1학년 입학을 조건으로 남태평양 근교 피지에 도착한 후 초등학교 과정에서 수업을 듣게 되었습니다. 한국에서의 영어 학습방법과 너무 달랐습니다. 기초문법과 기초문장능력을 알려줬고 영어를 잘하기 위해서 공부할 때는 단어와 많은 문장을 암기해서 수학의 기본핵심인 암기와 병행하게 되고 나니, 그 높고 어렵던 영어의 관문을 쉽게 통과하여 피지 유학 후 3개월 만에 같은 시기 유학원 영어 콘테스트에서 1위를 하게 되었습니다. 어머니 혼자 보험영업과 방문판매 화장품 영업으로 힘들게 벌어 보내주시는 유학비에 부담을 느낀 저는 6개월 만에 한국으로 다시 돌아와서 일반 고등학교로 전학을 하는데 학교 측에서 거부를 하는 것이었습니다.

어머니의 간곡한 청원과 신의를 바탕으로 한 대화를 통해 학교 측

　　　　　　　　　　　　　　　　　　　　　　　　　－ 쓰리공 : 공감, 공생, 공유

에서도 마지못해 받아주셨고(보통 유학했다가 되돌아오는 학생들의 문제성이 크다고 함), 영어를 이해하고 난 뒤 수학 역시 머리를 쓰기보다는 암기 위주로 학습법을 바꿨습니다. 국어는 공부가 잘 되지 않아 많은 글들을 읽고 글을 잘 읽은 훈련을 스스로 했습니다.

나의 공부방식이 중요한 것이 아니라 공부양이 중요하다고 생각하여 공부양을 늘렸습니다. 수업을 충실하게 듣고 자습시간에 공부양을 늘리고 나니 사교육 없이 수능은 응용보다는 암기형식과 공부양으로 측정해서 준비했습니다.

영어에 탄력이 붙은 저는 수학, 영어, 과학을 동시에 암기위주와 공부양을 측정하여 수능준비를 하게 되었습니다. 물론 학원은 다니지 않았습니다.

쉬는 시간에 게임도 열심히 했으나 어머니는 그런 저를 믿으셨기에 아무 말씀 없이 믿고 따라주셨습니다. 입학사정관, 수시보다는 수능 정시에 맞는 공부를 하였는데

학교 담임선생님조차 불가능하다고 생각하고 낮은 곳에 원서를 넣게 하셨지만, 저는 스스로 확신이 있어 서울시립대, 연세대, 서울대를 차례로 지망하게 되었습니다.

연세대학교 정시 합격발표 날 어거니의 기뻐하시는 모습과 눈물은 제가 세상에 태어나 가장 행복한 효도를 드린 날이었습니다. 최종 서울대 정시 합격소식에 어머니께서 첫 번째로 오래전에 헤어지신 저의 친가로 연락을 하셨습니다. 아마도 혼자 키워 오시면서 잘 기른 아들을 자랑하시고 싶으셨나봅니다.

제가 다닌 고등학교에서 정시로 서울대 입학을 제가 최초로 하게

되었습니다. 어머니는 학교에 떡을 해서 보내셨습니다. 그때 어머니는 세상의 행복을 깊게 체험하시는 것 같았습니다.

평소 어머니는 저희와 친구처럼 대화하시고 때론 감정 기복이 심하신 우울증세를 자주 보이시곤 하셨습니다. 저희는 그런 어머니를 이해하고 받아들여야 했고 어머니는 날마다 공부를 하시며 남들 앞에서 웃고 계셨지만, 집에서는 늦은 시간까지도 가족복지 전문가로 성장하기 위해 자료를 찾아보시며 늘 바쁜 하루를 보내셨습니다.

저는 형과 누나의 입장, 그리고 어머니 입장을 충분히 이해합니다. 형 역시 어머니에 대한 사랑이 깊고 어머니를 많이 생각하고 있다는 것을, 형과 연락하며 알게 되었습니다. 형도 어머니를 많이 걱정하고 있었고, 형의 사회적 입장과 주변 환경 때문에 어머니 곁에 다가오지 못하고 있는 것을 이해하게 되었습니다.

저희 가족의 아픈 애환들이 주변에 알려지고 저희는 더욱 열심히 생활하게 되었습니다. 어머니는 사회적 비난을 감당하기 어려움에도 불구하고 엄청난 노력과 정성을 보이셨습니다. 저희 가족은 다른 사람들이 아프지 않고 행복한 가정을 만들어 나가도록 앞장서기 위해 함께 노력하고 있습니다. 저도 어릴 때부터 홀어머니 밑에서 성장해 본 마음의 아픔이 있기에 가족들의 화합과 사랑이 중요하다는 것을 알게 되었습니다.

서울대학교 산림과학부 2학년 ○○○

14

장애를
체험하고 보니

지난 2011년 9월 26일 음성군 감곡면 어르신들을 대상으로 '세대 간 소통'이란 특강과 무료 의료봉사 활동을 펼쳤다. 필자는 고향에 간 김에 선친 묘소에 들러 성묘를 했다.

성묘를 마치고 내려오다가 발을 삐끗해 엎어지면서 앞으로 굴렀다. 얼굴도 긁히고 입술도 상처가 났지만, 그날은 그럭저럭 견딜 만했다.

다음날 아침이 되자 극심한 통증에 도저히 발을 디딜 수 없었고, 오른쪽 새끼손가락이 잘려진 듯한 통증이 덮쳐왔다. 집 근처 정형외과를 찾아 엑스레이를 찍어 보니, 오른쪽 발목 인대와 오른손의 인대가 손상되었고 노화로 인해 퇴행성관절염이 왔다는 진단을 받았다.

필자는 6년 전에도 운동장에서 띄다가 넘어지면서 무릎연골이 파열돼 수술을 받았었다. 2010년에는 산행 중 발목이 삐끗하면서 굴러 허리 수술을 받은 바 있다.

이번 부상도 단순한 경상에 그치지 않고 반 깁스를 하고 목발을 짚는 신세가 되었다. 목발을 짚고 다니는 과정에서 작년에 수술했던 허리 통증이 재발되고 목까지 아파졌다.

척추와 관절의 이상은 과거 몇 번의 교통사고로 인한 후유증과 산후조리를 제대로 하지 못했던 이유로 계속 진행되어 온 결과물인 것 같다. 10년 사이에 크고 작은 교통사고를 5차례나 겪었고 그때마다 척추를 다쳤었다. 게다가 다섯 번의 출산을 하는 동안 단 한 번도 산후조리를 제대로 못했었다. 반 깁스를 한 상태로 목발을 짚은 채 대학원 수업을 다녔다.

인천선 송내역에서 온수역까지는 그럭저럭 다닐 만했다. 군자동까지 가기 위해서는 온수역에서 7호선으로 갈아타야 하는데, 목발을 짚고 환승통로를 걸어가는데 소요되는 시간이 보통 때 2~3분 걸리는 것에 비해 월등히 차이 나게 오래 걸렸다. 장시간 목발을 짚고 대중교통을 타는 것은 이번이 처음이었다.

장애인용 전동 리프트가 설치되어 있었지만, 목발을 짚은 사람들에겐 그림의 떡이었다. 7호선 승강장으로 내려가는 에스컬레이터도 정지되어 있었다. 한 계단, 한 계단 내려가는데 식은땀이 줄줄 났다. 만약 휠체어를 탄 경우(역무원의 도움을 받겠지만), 이동시간과 기다림을 생각해 보면서 이 땅에서 신체적 장애를 지닌 채 살아간다는 것이 얼마나 힘든지를 직접 체험할 수 있었다.

간신히 7호선을 타고 어린이대공원(세종대)역에 도착했다. 다행히 승강장에 엘리베이터가 있어서 지하역까지는 편하게 올라왔다. 그렇지만 지하역에서 지상으로 연결된 엘리베이터는 승강장에서 타고 온 엘리베이터와 멀리 떨어진 곳에 있었고 필자가 가려는 방향과도 반대방향에 있었다. 천신만고 끝에 정문에 들어섰지만, 강의실로 올라가는 계단이 정말 암담할 정도로 높기만 했다. 필자가 서있던 곳에서 대각선 방향에 엘리베이터가 있었지만, 엘리베이터 앞까지 이동하는 거리가 만만치 않은 거리였다.

평상시 전철역에서 세종대 광가토관까지는 필자의 걸음으로 3분 거리. 그렇지만 장애우의 입장에서 걸어본 길은 평소보다 10배의 시간이 걸리는 암벽등산 코스였다. 목발로 인한 겨드랑이와 손바닥의 통증은 깁스를 한 발목의 통증을 무색하게 만들었다. 수업을 듣는 둥 마는 둥 하고는 조퇴를 하고 돌아와 끙끙 앓아누웠다.

집으로 돌아오는 전철 안에서 겪은 체험은 마음까지 아프게 했다. 목발을 짚고 힘겹게 서 있음에도 아무도 자리를 양보 해주지 않았다. 그냥 무심한 눈빛들이었다.

보기가 안됐었는지 어느 연세 드신 어르신이 자리를 양보해 주셨다. 송구한 마음에 괜찮다고 웃으며 손사래를 쳐도 "곧 내릴 거다"며 자리를 내어 주셨다.

목발을 짚고 보행하면서 체험한 블편들 가운데 가장 뼈저리게 느꼈던 것은, 장애우들의 입장을 제대로 반영하지 못한 편의시설들을 갖춘 대중교통의 문제점이다.

눈으로 보여주기 위한 전시성 생색내기 시설이 아닌가 싶을 만큼 불편하고 비합리적이었다. 목발 운전 첫 날 잊지 못할 고생을 겪고 나니 도저히 대중교통을 이용할 자신이 없었다.

부득이 비싼 휘발유를 때가며 중형차를 운전하고 가야만 했다. 기름 값도 문제지만 도로며 주차장마다 전쟁터라 제시간에 맞춰 가지도 못하고 결국 지각을 했다.

만약 필자가 휠체어를 타야 하는 입장이었다면 상황은 더욱 힘들었을 것이다. 승강장~지하역~지상까지 엘리베이터가 바로 연결되지 않는 탓에 엘리베이터 환승을 위해 빙글빙글 돌아야 했을 것이고, 혹 엘리베이터가 없는 곳을 만난다면 꼼짝 없이 갇히는 신세가 됐을 것이다.

장애우를 위한 편의시설을 관장하시는 공무원들께서도 직접 체험해 보셨으면 좋겠다. 과연 누구를 위한 편의시설인가를 필자는 이번 체험을 통해 생각의 변화를 겪었다.

평상시 전철에서 무심코 만났던 장애우들!

전철 안 한쪽에 그들의 자리가 따로 지정되어 있으니 별로 신경 쓸 필요가 없다고 생각했었고, '얼마나 불편할까?'는 생각해 보지 못했었다.

누구나 우연한 사고로 장애를 겪을 수 있는데, 필자는 남의 일처럼 생각해 왔던 것을 반성하게 됐다. 한 치 앞을 모르는 인생을 살면서 어리석은 자만에 빠져 있었던 필자야말로 교만한 지적장애를 겪고 있었지 않았나 싶다

아버지는 필자의 이런 지적장애를 고쳐주려고 성묘 온 막내딸을 냅다 굴리셨나보다. 평생 건강하고 장애를 겪지 않을 거라는 오만함은 누구나 버려할 것이다.

아버지, 사랑합니다.

15

아이를
사육하지 마라!

2011년 한국사법교육원 주관으로 부천시 범죄예방위원들이 서울소년원을 견학할 기회가 있어 참석했었다. 다함께 버스를 타고 의왕시에 소재한 고봉 중·고등학교라고 명칭 붙여진 서울소년원을 견학했다. 범죄자 신분이 되어 자유를 박탈당한 어린 학생들의 교화 장소.

기관 측의 브리핑을 통해 학교의 상황을 듣고 시설을 둘러보면서, 처음 접한 소년원에 대한 막연한 거부감이 사라지고 새로운 정보들을 알게 됐다.

우리나라에는 모두 10개의 소년원이 있고, 정규 교과과정의 학교와 자립을 위한 직업능력개발 훈련을 집중적으로 하는 곳도 있다고 한다. 단계별 교육과정, 생활지도, 사회복귀 지원과정과 '푸루미'라는 자체 방송국도 둘러봤다.

일반학교와 달리 요소마다 쇠창살이 설치돼 있었다. 모든 창문마다 쇠창살이 빼곡하고 창틀이 높았다. 시설은 일반학교와 다를 바 없었지만, 창문마다 단단히 박혀 있는 쇠창살이 보는 이들의 가슴을 섬

뜩하게 했다. 필자는 문득, 튼튼한 쇠창살로 둘러쳐진 동물원 우리가 떠올랐다.

"아이들만 있는데 왜 창살이 쳐진 거죠?"

일행에게 물었다.

"애들만 모아놨어도 여긴 감옥소니까 그렇지!"

필자의 아들 친구들을 보는 것 같아 가슴 한 구석이 아렸다.

복도를 따라 늘어선 교실을 지나 제과실로 안내 받았다. 새파란 제빵사가 많은 양의 빵을 수북이 만들어 놓고는 손님인 우리들에게 빵을 권하기에 먹어봤는데, 빵맛이 기가 막혔다. 아마도 바로 구운 빵이라 더욱 맛있었겠지만, 필자의 아들과 비슷한 또래의 아이들이 직접 만든 거라 생각하니 대견한 마음이 밀려와 정말 맛있게 빵을 먹었다.

맛있게 빵을 먹는 필자를 향해 해맑게 웃는 소년원생들을 보면서 가슴이 뭉클해졌다. 아이들의 밝은 웃음 속에서 그 아이들의 엄마가 문득 떠올랐기 때문이다. 이 금쪽같은 자식을 쇠창살에 맡겨둔 엄마들의 가슴이 얼마나 아플까?

14세~19세 미만의 범죄자 가운데 벌금형 이상 또는 보호처분을 받은 청소년과 형벌 법령에 저촉되는 행위를 한 10세~14세 미만의 청소년, 10세~19세 미만의 청소년 중 집단으로 몰려다니며 주위에 불안감을 조성한다거나 상습적으로 술을 마시고 소란을 피우는 등, 주로 이런 부류의 청소년들이 소년원에 수용된다.

청소년 범법자를 검거하면 경찰에서 검찰로 송치되고, 검찰에서는 소년부로 송치한다. 이런 과정을 통해 소년원에 입소해서 교육과 보호를 받게 된다.

필자가 소년원 아이들을 가까이서 접해 보니, 그들보다는 어른들의 책임이 더 크다는 사실을 느끼게 됐다. 아무 탈 없이 사춘기도 잘 넘기고 바르게 성장한 자녀를 둔 부모들의 입장에서는 남의 집의 일로 비춰질 수도 있겠으나, 사실 전혀 무관하지는 않다. 수많은 사람들이 서로 어우러져 함께 살아가는 인간 사회는, 서로 간에 다양한 영향력을 주고받으며 살아가기 때문이다.

필자 역시 아주 어려서부터 친어머니와 떨어져 자란 탓에 언어적 학대와 차별, 온갖 구박 속에서 성장하며 상당한 정체성 혼란을 체험한 경험이 있기 때문에 그들의 심정을 공감할 수 있었다. 언어의 폭력과 정서적으로 불안정한 가정환경이 얼마나 한 개인의 삶을 피폐하게 만들고, 반사회적인 편견을 깊게 하는지에 대해 너무나도 잘 알고 있기 때문이다.

출생에서부터 성장과정을 통해 형성된 부모의 성향은 대부분 자녀들에게도 대물림된다.

그렇지만 필자의 아이들은 고맙게도 엄마의 가시를 닮지 않고 바르게 잘 성장해 주었다. 아버지가 없이 엄마라는 반쪽의 틀 안에서 말이다. 그래서 참으로 고맙고 고맙다.

집으로 돌아와 밤이 늦도록, 낮에 서울소년원에서 만났던 아이들 몇몇의 눈빛이 계속 아른거렸다. 맑았다. 예상외로 정말 맑았다. 외부에서 온 낯선 우리들에게 자신이 간든 빵을 선뜻 내어주며 많이 드시라고 권하던 그 눈빛이 너무도 맑고 투명했었다. 반사회적인 행동을 저지르고 범죄자로 수용된 아이들이라고는 전혀 연상할 수 없는, 상상도 할 수 없는 맑은 눈빛들이었다.

이 사회와 부모를 포함한 어른들은 아마도 아이들을 제대로 양육해 주지도 못해 놓고는 한 조각의 결과만을 놓고 선악의 잣대를 들이대며 잘난 질책만을 쏟아 냈으리라!

견학을 마치고 소년원을 떠나기 직전에 원장님께 한 가지 부탁을 드렸었다.

필자는 가족복지사업을 하는 사람이라고 밝히고, 필자가 소년원 아이들과 가깝게 교감할 수 있는 기회를 만들어 주십사하고 말이다. 그들의 눈높이에서 그네들의 이야기를 듣고 싶고, 필자가 체험하고 노력했던 삶의 시간들을 조금 나누며 대화하고 싶었다.

어쩌다 불쑥 찾아가서는 사회 봉사활동이라는 타이틀로 휙 스쳐가는 형식이 아니라, 진솔하게 가슴으로 공감하는 대화를 나눠 봤으면 좋겠다. 다시 만나 그들과 눈빛을 교환하며 이모가 되고 조카가 되기를 기대해 본다.

고봉 중·고등학교를 방문하고 느낀 것은 시설이 생각했던 것보다 깨끗하고 좋았으며, 심리검사, 여러 가지 대안교육, 직업능력 개발 훈련 등 다양한 프로그램을 통하여 사회 복귀에 실질적인 도움을 주기 위해 국가가 노력하고 있음을 처음 알았다.

그들이 돌아왔을 때, 사회에서 좀 더 그네들을 너그럽게 이해하고 받아들일 수 있었으면 하는 바람이 간절하다. 앞으로 필자부터 청소년분야에 대한 관심과 대안 모색을 위해 좀 더 적극적으로 노력해 나가려고 한다.

사회복지의 틀은 크고 방대하다. 그 중 가장 우선순위는 가정의 행복인데, 가정의 보물은 단연 자녀들이다. 자녀가 행복해야 가정이

　　　　　　　　　　　　　　　　　　　　－ 쓰리공 : 공감, 공생, 공유

평안하고, 가정이 평안해야 사회가 건강하다. 그런데, 자녀들이 행복하려면 부모들의 생각과 삶의 태도가 매우 중요하다.

그저 잘 먹이고 비싼 것으로 치장하고, 족집게 학원으로 뺑뺑이를 돌리며 하루를 보내게 하는 것은 양육이 아니라 사육이다!

아버지학교의 어느 명강사가 백여 명의 아버지들을 앉혀 놓고 쏘아붙였다던 강의를 인용해 본다.

"가족들을 위해 돈 버느라 자녀들과 교감할 시간이 없다고 말하는 당신. 아이가 학원 다니느라 얼굴 볼 시간이 없다고 변명하는 당신. 그렇다면 지금 당신의 위치는 부도가 아닌 사육사임을 명심하라고 말하고 싶다. 사육된 아이들에게서 반듯하고 예의바른 품성을 기대하는 당신은 지금 꿈속에 있다!"

어느 통계에 따르면, 부모와 자녀들의 대화 시간이 하루 평균 5분이라고 한다. 이러고도 사육이 아니라고 강변할 텐가? 진정한 사랑과 참된 인성은 교과서나 학원에서 배울 수 없다는 것을 우리는 모두 잘 알고 있다. 모두가 잘 알고 있는 것을 이제는 실천하자.

우리에 갇힌 동물들은 사육사를 증오하지 않는다. 그러나 우리에 갇힌 아이들은 사육사를 향해 원망과 증오를 불태운다. 설령 우리에는 갇히지 않았더라도, 사육된 아이들은 부모에 대한 사랑이 멀건 고깃국 맛 같단다. 평생을 고생해 기른 새끼인데, 장차 이를 어떡할 것인가!

16

아버지의 부재(不在),
아버지 식물인간 시대
― 더 이상 방치할 수 없다

OECD 국가 중 자살률 1위, 이혼율 2위는 슬픈 우리의 자화상이다. 그런데 이 문제의 시작은 어디일까? 나는 '가정'이라고 말하고 싶다.

가정생활이 건강하지 못했을 때, 필자인 나도 자살에 대한 충동과 이혼을 경험하게 되었다. 자살 충동과 이혼의 경험은 두 번 다시 겪고 싶지 않은 너무 아프고 시린 기억이다. 나는 나와 같은 아픔을 다른 사람들이 겪지 않기를 간절히 바라는 마음으로 사단법인 대한민국가족지킴이를 설립하고 건강한 가정 만들기, 행복한 가정 만들기 운동을 전개해가고 있다.

우리 사회가 겪는 수많은 아픔과 문제들은 곧 가정의 문제이다. 1차적으로 모든 교육은 가정에서 이뤄지고 그 핵심에 아버지가 있다.

내가 가장 존경하는 분은 아버지이다. 내 안에 아버지의 피가 흐르고 있고 아버지가 들려주었던 한 마디 한 마디가 뇌 속 깊은 곳에 자리 잡고 있다. 아버지가 내게 대해주었던 작은 행동 하나 하나는 내 가슴 속에 고스란히 남아 있다.

나는 중요한 결정을 해야 할 때면 아버지를 찾아간다. 물론 지금은 한 평 남짓한 공동묘지에 누워 계시지만 아버지를 찾아가면 나의 마음이 편안해지고 가슴의 풀리지 않은 응어리가 사라진다. 그렇게라도 아버지를 뵈면 용기가 나고 건강하지 못한 세상과 싸워나갈 힘을 얻는다.

어린 시절부터 모든 사람들이 나를 무시했지만, 아버지만큼은 나의 든든한 버팀목이 되어 주셨다. 나를 늘 사랑해주셨고, 내가 하는 것은 무엇이든지 응원해 주셨다. 아버지는 내게 하늘이었다.

나는 이혼 후 한부모가족의 가장으로서 아이들을 키웠다. 먹고 살기 위해 억척스럽게 살았다. 이 때문에 나는 아이들에게 늘 미안했다. 그 중에서도 가장 미안한 부분이 '아버지'에 대해 인격적으로 배울 기회를 주지 못했다는 것이다.

오늘날 많은 한부모가족의 아이들이 아버지로부터의 긍정적인 교육을 받지 못하고 있다. 아버지의 남성성, 아버지의 어머니에 대한 사랑, 아버지의 가장으로서의 역할. 이 모든 것들이 배울 때 성장하여 사회에 진출했을 때 건강한 자기 역할을 할 수가 있다.

그런데 내가 가족상담과 가족복지 전문가가 되어 공부를 하고 상담을 할수록 가정에서의 아버지의 부재(不在)는 비단 한부모가족들만의 문제가 아니라는 점을 알게 되었다. 정상적인 가정에서도 아버지의 부재는 심각하였다. 아버지가 안 계셔서 아버지의 부재 현상이 있는 것이 아니었다. 아버지가 있는데 아버지의 부재를 느끼고 있다는 것은 아버지가 식물인간이 되어버린 것이다.

가정에서 아버지의 영향력이 작아지면 자녀들은 아버지로부터 배

워야 할 긍정적인 것들을 배우지 못하게 된다. 아버지가 경제적인 활동을 할 때에도 아버지의 영향력이 작은데 아버지가 질병, 사고, 은퇴 등의 이유로 경제적인 활동을 하지 못한 경우가 발생하면 아버지의 영향력은 사라지게 될 것이다. 이렇게 가정 내 아버지의 영향력이 작아지면 자녀들은 가족이 아닌 친구들과 어울리는 것을 더 선호하고 가정은 숙소에 불과하게 될 수도 있다.

이런 가정은 가족 간 대화도 없을 수밖에 없다. 모처럼 가족이 모여 식사를 하는데 아내는 TV를 보고, 자녀는 스마트폰으로 친구들과 대화를 하고, 남편은 혼자 조용히 밥을 먹는다고 상상을 해보라. 얼마나 끔찍한가?

통계청과 여성가족부가 내놓은 2013년 청소년 조사에 따르면 자녀 관점에서 부모와 대화가 부족하다고 응답한 비율은 아버지가 35.4%, 어머니 11.9%를 차지했다. 보고서는 이 같은 현상에 대해 중장년층 남성이 퇴직 이후 가정 내 아버지 소외 현상이 우려된다는 결과이기도 하다. 실제 청소년 자녀들이 고민상담 대상으로 아버지라고 답한 비율은 3.0%에 불과했다. 친구·동료가 46.6%, 스스로 해결이 22.0%라는 점에서 아버지는 가족 간의 유대관계에서 그 존재가 미미했다.

이제 더 이상 아버지의 부재, 아버지 식물인간 시대를 내버려둘 수 없다. 이제 누구나 할 것 없이 가족문제, 특히 기능적인 아버지의 부재 문제에 관심을 가져야 할 때다. 여성가족부에서 건강가정지원센터들을 통해 '아버지 아카데미'를 적극 지원하고 있는 것은 그나마 다행스러운 일이다. 두란노 아버지학교와 같은 민간단체에서 아버지학

　　　　　　　　　　　　　　　　　　　－ 쓰리공 : 공감, 공생, 공유

교를 통해 아버지를 바로세우기를 하고 있는 것도 다행이다.

우리 사단법인 대한민국가족지킴이도 건강한 아버지, 건강한 가족을 위해 모든 역량을 쏟을 것이다.

이 사회가
아픈 이유

나이 들며 해를 거듭할수록 과거로의 복귀를 갈망하는 것은, 아마도 농촌에서 성장한 사람들이라면 대다수가 공감하는 느낌일 것이다.

현대인들에게 사회활동 중 업무와 대인관계로 인한 스트레스 지수는 상당히 높은 수준으로 자리 잡았고, 이런 스트레스와 사회에 대한 저항 심리를 안정시키고자 각종 프로그램이 계발되고 있다. 중앙정부, 지방자치단체, 각종 단체, 학교 등을 통해 수많은 행사가 즐비하게 이뤄지고 있지만, 실상 개인적으로 가슴에 와 닿는 체감은 상당히 낮아 실효성을 거두지 못하고 있는 실정이다.

우리 사회가 곳곳에서 아픈 신음소리를 토해내는 이유와 스트레스의 원인은 무엇일까? 급 변화된 문명의 발달과 갈수록 골이 깊어지는 세대 간 문화 차이가 주범이다.

나는 강의 시간마다 내 나이가 100세가 넘었다고 말한다.

그것은 구한말 세대인 할머니로부터 받은 양반가의 교육이 지금까지도 내 머릿속과 삶속에 녹아있기 때문이다. 할머니와 아버지 세대

   – 쓰리공 : 공감, 공생, 공유

의 정신과 문화가 내게 답습되어 노인, 장년, 청년, 청소년, 유년기 등, 각 세대별 감성을 직·간접적으로 체험했기 때문에 내 정신세계는 120년 전부터 현대를 망라하고 있다. 할머니, 아버지가 겪으셨던 구한말 왕조시대, 일제 강점기, 광복, 6·25 전쟁, 5·18 민주화 사건 등의 영향력이 내게도 전수되어 있으니, 내 감성의 나이는 120세라 말하는 것이다.

나는 유년기 시절 반공교육을 강하게 받은 나머지 공산당은 사람이 아니라 얼굴이 빨간 괴물 혹은 마귀인줄로만 알았었다. 청소년기에는 반강제적 집체교육을 받았었고 아침이면 새마을운동으로 청소를 하러 다녀야 했었다. 다시금 회고해 보면 억압과 통제 속에 달갑지 않았던 시절이다. 그런데 지금은 그때를 떠올리며 슬며시 입가에 미소가 번지며 그리워지는 것은 무엇일까?

6·25 동란을 겪고 난 후 폐허 속에서 "잘살아보세" 슬로건으로 새마을운동을 펼치며 구슬땀을 흘리는 시기였고, 젊은이들은 농촌을 떠나 도시로 도시로 몰려들던 시절이었다. 청운의 꿈을 안고 도시로 몰려들었던 그들이 지금의 베이비부머 세대들이다. 전쟁직후 1955~1963년까지 태어난 베이비부머 세대들은 할아버지, 할머니, 삼촌, 고모, 작은집이 근거리에서 모여 대가족을 이루어 살다가, 산업화의 영향으로 1980년대에 와서는 핵가족을 이루며 살게 되었다. 그들은 해방이후 단 30~40년 만에 급성장한 국가경제 영향으로 고금리시대, 부동산신화를 통하여 엄청난 경제적 부를 축척하기도 했다.

자식이 곧 재산이던 농경사회가 1980년대에 이르러 '둘도 많으니 하나만 낳아 잘 기르자!'는 저출산정책으로 바뀌면서 귀한(?) 자녀들이 태어났는데, 이들이 현재의 20대 세대다. 이 귀한 자녀들과 현재 50~60대가 되어버린 베이비부머 세대 부모들은, 한집에 같이 사는 가족임에도 불구하고 감성적·문화적 괴리가 엄청나게 벌어지고 있다.

베이비부머 세대는 이 나라의 경제 기적과 민주화를 이끌어온 주역들로 1970~1980년대 경제성장기에는 주인공으로 왕성한 활약을 펼치다가 1990년대 경기불황으로 수난을 겪었고, 2000년대 들어 서서히 뒷방으로 밀려나기 시작했다. 베이비부머 세대들은 윗세대로부터 답습된 간접 체험기간을 포함한 100년의 세대를 경험 하면서 가난과 전쟁, 신기술, 신문명, 풍요 등도 맛보았지만 학벌에서는 소외된 경우가 대다수다. 어려서부터 집안일을 돕느라 노동에 투입되었고 어른들로부터 받는 훈계가 전부이거나 기초적인 초등학습이 교육의 전부였다.

반면, 귀한 자식들로 태어난 세대들은 풍족한 공교육 기회를 넘어서 과열된 사교육의 혜택까지 누리더니, 급기야는 배움이 부족한 부모세대를 무식하다고 생각하기에 이르렀다.

이뿐인가? 베이비부머 세대들은 유교적 영향으로 부모 공경에 대한 책임감과 의무감을 당연시 여기고 있다. 그래서 위로는 부모를 봉양하고 아래로는 자녀를 위해 혼신의 힘을 쏟고 있다. 양어깨가 가벼울 날이 없는 것이다. 무거운 짐을 진 베이비부머들은 자식으로서, 부모로서 열심히 사느라 바빴으며 자녀들에게는 풍족함과 보다 좋은 교육여건을 제공하며 평생을 보냈다.

부모가 바쁘다보니 귀한 자녀들은 또래문화와 IT세상에서 자라며 부모와 교감하지 못한 채, 학원에서 성장해 왔다. 대한민국의 경제

　　　　　　　　　　　　　－ 쓰리공 : 공감, 공생, 공유

와 문명은 폭풍성장 했지만, 피를 나눈 가족 간의 유대는 실종됐다. 조부모, 부모가 겪었던 삶의 지혜와 감성이 아래 세대로 전수되어 한 줄기로 흐르지 못하고, 다른 문화, 다른 물줄기를 형성해 따로 놀면서 주류와 비주류로 나뉘어 버리는 것이다. 흥얼거리는 유행가 가사에서도 세대 간 골이 깊음을 쉽게 알 수 있다.

즐기는 음식과 여흥에서도 차이가 나고 같은 나라, 같은 해, 같은 시간에 살면서도 서로 소통되지 못하는 가족의 유대감, 공감되지 못하는 세대 간의 이질감은 나날이 커지고 있다.

과거 농경사회에서 힘이 센 아버지의 역할이 중요했고 자식은 아버지께 농사법을 배웠다. 지금은 국가 경제의 폭풍성장을 통해 부를 이룬 반면, 가족 문화의 기본 틀이 변했다. 가족 문화의 틀이 급격히 변화된 결과물로 나타난 것 가운데 하나가 자살률 세계1위, 이혼율 세계2위라는 오명이다.

송충이는 솔잎을 먹어야 건강하다. 사람은 사회적 동물인 바 사람과 사람이 서로 어우려져 살아야 건강할 것이다.

스마트폰 카톡으로 만나지 말고, 가족끼리 얼굴 맞대고 함께 밥 먹으면서 대화하자. 바쁘게 사느라 급변하는 문명을 미처 따라가지 못하고 조금 도태된 부모의 모습을 솔직하게 보여주고 공감을 받자. 괜한 자존심에 아닌 척 혼자 속만 끓여 봤자 물줄기는 점점 더 멀리 따로 흐르게 될 뿐이다.

전체 자살자 가운데 20대가 차지하는 비율이 42%를 차지하고 있으며, 정신적 우울증은 50대가 제일 심각한 것으로 나타났다. 자살의 직접 원인 가운데 1위는 가족 문제였으며, 매일 42.2명이 자살하고 있다.

10대에서 90대까지 각 세대별로 따로따로 신음하고 있다. 노년층과 젊은 세대 간의 보이지 않는 마찰과 충돌은 심각한 수준이라고 한다.

이에 대응하는 각 '세대 간 소통' 프로그램을 개발·실행하고 세대 간의 역할과 입장을 정리하자고 제안한다. 가족 간의 문제가 풀려야 가족 상호간의 유대와 공감을 통해 내적 치료를 받을 수 있다. 피를 나눈 사이에는 그 어떤 문제나 허물도 용납되고 포용될 수 있기 때문이다.

가족 관계가 원만해져야 사회적 관계가 좋아진다. 정신적 불안정은 사회적 불안정을 유발해 범죄 등 각종 폐해를 양산하게 된다.

가정을 치료하자! 그러면 자살도, 이혼도, 줄어들 것이라 확신한다. 아니, 장담한다! 현 사회의 아픔을 가장 잘, 완벽히 치료할 수 있는 곳은 '가정'이라는 병원이다.

가족지킴이 상담사례

#1 두 집살이 아빠

2011년 당시 37세였던 도도하고 건방진 캐릭터의 그 흔한 연애 한 번 못한 채 은희는 너무 늦은 나이에 이제라도 슬슬 결혼을 해볼까 하는 마음으로 결혼대상자를 찾는데, 인연을 찾기가 쉽지 않았다고 한다.

그의 친구들은 모두 짝을 만났고 2세까지 주렁주렁 태어나고 또 새해가 밝았다. 나이 들수록 눈만 높아져서는 웬만하면 눈에 차질 않았

　　　　　　　　　　　　　　　－ 쓰리공 : 공감, 공생, 공유

고 그녀 역시 별로 내세울 것도 없어 큰일이다 싶어 마구잡이로 선을 보았다. 그녀는 포용력이 있는 성격이라 만나는 사람마다 의지를 하려고 하는 사람이 많았다.

2012년 새해에 여행지에서 세 살 위의 남자를 만나게 되었다. 마흔한 살의 남자는 너무도 훈남이었고 넉넉한 여유가 있으며 처음인 듯한 의지하고 싶은 안정감과 포근함이 완벽한 그녀가 원하던 사람이었다. 맘도 넓었고 술도 좋아했지만 주사도 없었고 차도 고급차였으며 집도 있다 하고 사업가에 이 정도면 괜찮다, 기다리던 내 신랑감이다 싶었던 찰나 성급하게 그 남자의 말만 믿고 덜컥 깊은 관계까지 이어졌고 임신이 되었다.

주위에서는 늦은 나이에 축하한다며 친척들, 친구들까지 축하 세리머니가 쏟아졌다.

결혼준비를 하는 내내 집안은 경사라고 축제분위기였고 은희는 뒤늦게 보물을 만난 듯 사랑의 기쁨이 충만했었다고 한다. 그리고 결혼식을 하였고 결혼식에는 남편 가족들이 모두 미국에 있다며 몇몇 지인들만 초대를 하였다고 한다. 결혼 후 아이를 낳아서 출생신고를 하려 하니, 남편이 차일피일 혼인신고조차 미루더라는 것이다.

이상하다 싶어 남편의 가족관계증명서를 떼어 본 은희는 순간 경악하고 말았다.

그에게는 이미 두 아이와 부인이 있던 것이었다.

그는 은희를 너무 사랑한 나머지 그랬노라며 용서해달라고, 곧 본처와 이혼할 것이라고 했단다. 그동안 사업을 빌미로 지방출장이 잦고 해외를 다녀온다고 했던 것이 두 집 살림을 하느라 그런 것이었단다.

은희의 심각한 분노는 폭력적으로 변해갔고 그녀는 날마다 술을 마시고 자학하며 감정조절이 어려운 상태로 빠져 들어갔다. 태어난 지 백일 된 아이를 두고 집을 나가 방황하게 되었고, 친정집에서도 남자측에 소송을 걸며 여러 복잡한 문제들로 뒤죽박죽이 된 상황이었다.

결국 남편 쪽 부인도 알게 되어 양쪽이 심각한 상황이 되었는데, 결국 남편은 본처에게로 돌아갔다. 이에 따라 남편과의 사이에서 태어난 아이는 친정 측에서 서둘러 입양을 보내자는 쪽으로 선택의 귀로에서 방황하던 차였다.

은희는 정신적인 충격과 현실감에서 벗어나지 못한 채 방황을 거듭하고 있었는데 그녀가 홀연히 내게 연락을 하고 찾아왔다. 방송에서 어려움을 극복한 나의 삶을 듣고 용기내고 싶다는 취지에서였다.

내가 그녀에게 들려준 답변은 아이입양 문제의 반대였다. 단연코 아이를 엄마가 키울 수 있으면 좋겠다고 했다. 엄마의 나이가 39살로 충분히 양육할 수 있는 나이이며, 내입장에서의 1989년대에는 어린이집도, 사회복지제도도, 이혼가정에 대한 지원도 없던 때라 여성이 사회에서 삶을 영위하기가 어렵고 험난했지만, 현대 사회는 사회보장제도가 많이 갖춰져 있기 때문에 엄마가 아이를 맡아 기르는데 큰 걸림돌이 되지 않기 때문이다. 물론 가족들은 당연히 반대할 것이다. 유부남의 자식을 낳아 기르는 처녀의 입장을 생각할 것이지만, 이미 세상에 태어난 아이에게는 처녀엄마가 엄마이자 유일한 가족인 것이다.

37살 때까지 결혼대상자를 찾지 못해 방황하던 그녀에게 다시 멋진 왕자 같은 남자는 나타날 확률이 더욱 적어졌다. 나는 그녀에게 말했다.

"지금 태어난 딸아이가 아마도 은희 씨에게는 하늘에서 내려준 축복된 가족이고 사랑이 아닌가 싶다."

파르르 떨리는 그녀의 속눈썹 끝에 눈물 방울이 맺혔다.

그 예쁜 아이를 입양 보내고 새로운 결혼을 한다고 해서 잊혀지는 것은 절대 아니란 이야기를 해주었다. 모성이란 끊어지지 않는 질긴 감정이고 절대적 감정이기에 주변 사람들의 판단보다는 자신이 예쁜 딸과 함께 살아갈 수 있는 용기가 더욱 크다고 격려해주었다. 사랑은 잠깐 사이에 꽃이 피어 영속될 것 같지만 사실 위험한 생각이다.

수십 년을 따로 살아온 사람들이 만난 지 얼마 안 돼 사랑을 느끼고, 폭발적인 감정 앞에서 인생의 전부인 듯하지만 사랑은 언제나 새롭게 피어나게 마련이다.

그녀는 마음을 정리하고 지금은 예쁜 공주와 단둘이 독립하여 살고 있는데 돌이 지난 아이는 낮엔 어린이집에서 지내고 있으며, 그녀는 예전부터 해오던 전문직을 그대로 하고 있다고 한다.

이제 많은 평화가 찾아왔다고 환하게 웃는 그녀 인생에 더 멋진 일들이 창대하게 일어나길 기원해 본다.

#2 뿡뿡이 엄마

지은이가 내게 연락을 해온 것은 SNS를 통해서였다.

처음 아는 척을 하면서 어려운 일을 상담해도 되느냐는 질문이 먼저였다. 누군지는 모르지만 괜찮다고 하자 그녀는 말을 이어갔다.

얼마 후 자신이 결혼을 하는데 친정 부모님과 관련하여 예비신랑이 전혀 모르고 있다는 것이다.

사유는 이러했다.

지은이는 올해 32세이고 그녀의 부모님은 16년 전 이혼을 하였다. 부모님의 이혼사유는 둘 다 이른바 쌍방 바람이었다고 한다. 아빠는 엄마와 이혼 후 여럿 여성들을 새엄마라고 데리고 들어왔고, 남동생과 지은이는 그런 일을 겪으며 그래도 참고 견뎌냈다고 한다.

엄마 역시 아빠랑 이혼 후 다른 남자와 살고 있었다. 의지할 곳 없는 남매는 서로를 의지하며 지내왔고, 지은이는 고등학교를 마친 후 어린 남동생을 매장카운터 밑에 숨겨두고 근무할 정도로 동생을 챙겨왔다. 이때 아빠란 사람이 문제를 일으키는데, 지은이가 돈을 벌기 시작하자 계속 갈취 해온 것이다. 그것도 무려 13년 동안을…….

돈만 모으면 뜯어가고, 새 여자들은 수없이 바뀌고…… 아빠란 인간이 자신에겐 너무도 원망스러운 존재였다는 것이다. 올해 지은이가 결혼을 하는데 집에 들어와 결혼자금까지 챙겨들고 나갔다는 것이다. 아무것도 모르는 신랑에게 지은이는 이별을 통보했고, 예비신랑은 자신이 잘못해서 그런 줄 알고 무조건 사과하고 더 잘하겠다며 울더라는 것이다.

온갖 어려움과 고난을 극복하고 결혼을 하는데, 친가 쪽과 외가 쪽에서만 오고 양쪽 부모는 불참하는 결혼식이 되었단다. 그날의 결혼식은 눈물바다일 수밖에 없었다.

결혼 후 3개월 동안은 행복하리만큼 평온했는데, 진저리나는 아빠가 이번엔 조폭까지 데리고 다시 나타나서 사채업자에게 돈을 빌렸

으니 갚아달라고 떼를 부리고 직장까지 찾아와 으름장을 놓고 갔다며 내게 하소연을 해온다.

나는 단호하게 말했다. 법원에 가서 사유서와 증빙을 제출하고 접근금지 가처분 신청부터 하라고 말했다. 아기를 임신하였는데 심각한 스트레스로 유산 조짐이 보인다고해서 병원에서 입원치료까지 받은 상태였다.

남편에게 도움을 요청하라고 했더니 시댁은 아무 문제없이 너무도 잘해주시는 시부모님들과 남편에게 차마 친정이야기는 꺼낼 수 없노라고 눈물짓는다.

지은이는 표정이 밝고 해맑은데, 가슴깊이 부모로부터 전해지는 아픔으로 늘 우울하고 힘들다고 한다.

우리는 '부모'라는 이름으로 다시 한 번 자녀들을 생각해야 한다. 나의 현실은 지은이와 입장이 바뀌어 아들에게 돈 갖다 쓰고 먹고 산다고 소문나 있으니, 처음엔 억장이 무너지는 듯한 아픔으로 힘들고 스트레스를 받았으나 지금은 가난하지만 행복하고 건강한 떳떳함이 있어 감사할 따름이다. 단지 내 아들이 건강하고 잘 되어 그 아이 인생에 축복이 깃든다면 그것만으로도 엄마로서 감사할 뿐이다.

#3 송희 아우 이야기

처음 그녀가 내게 전화를 걸어온 것은 2012년 가을 SNS를 통해서였다. 경기도 포천에 살고 있는 그녀가 내게 상담을 하고 싶다는 것이다.

사유는 남편의 술주정과 폭력이었다. 이야기를 들어보니 4명의 아이들도 위험한 상황이었다. 큰아이 역시 대학입시를 준비할 수도 없는 상황이었고, 아이들이 표류하고 있어서 우선은 포천시청 여성복지과를 찾아가 상담을 하라고 전했다.

상담 후 그녀의 가족들은 우선 쉼터로 피신을 하였다. 그동안 가정폭력에도 참고 살던 부인과 아이들이 사라지자 남편이 급 놀랐는지 다시는 그러지 않겠다며 술도 끊겠다고 해서 다시 가정으로 복귀를 하였다. 그런데 사흘 만에 더 심한 상태의 남편 모습에 송희는 절망을 하였고 아이들은 집에서 나가자고 절규를 하더란다.

바쁜 일정을 뒤로 한 채 포천으로 갔다. 송희와 만나서 이야기를 나누던 중 남편의 성격과 문제점을 듣게 되었다. 남편은 경제적·사회적으로 송희보다 못한 처지였고, 결국 송희는 1인 다역을 척척해내는 억척 주부이자 사업가였던 것이다.

남편이 자신의 자리가 점점 비좁아짐을 느끼자 폭주와 폭력으로 가장의 위치를 내세우려하는 것이 드러나 보였다. 송희에게 남편을 사랑하느냐고 물으니 사랑한다는 것이다.

그래서 나는 송희에게 집에 가서 남편과 대화를 시도할 때 무조건 남편을 존중해주라고 말했다. 그리고 생각해 보니 당신이 장점이 참 많은데 여자의 소견으로 그걸 뒤늦게 깨달았다고 하면서 평소에 보였던 무섭고 권위적인 아내의 모습보다는 여성으로서 아내의 모습으로 바꿔보라고 했다. 그 단순한 말과 행동에 남편에게도 엄청난 변화가 찾아오기 시작했다.

첫째, 도박과 술을 단호하게 끊고 아내와 같이 공장에서 일을 시작하게 된 것이다. 그리고 큰아이가 대학입시를 포기했다가 상담을 마

　　　　　　　　　　　　　　　　　　　– 쓰리공 : 공감, 공생, 공유

친 후 근교 대학에 입학하는 뜻밖의 결과에 자신감을 얻었단다.

그 이후 올해 초 남편에게 과도한 음주 후유증이 나타나기 시작했다. 신경계 통증과 마비 증세였다. 그리고 올 여름엔 송희가 공장에서 일하다가 기계에 몸이 끼어 큰 부상을 입고 장기간 입원해 있는데, 4명의 자녀를 돌보는 남편의 태도가 가정적으로 변했고 이에 아이들은(이) 이제는 평화롭다고 했다는 것이다.

위와 같은 사례로 우리 사회는 부부간 대화와 가족 간 대화 속에서 충분히 갈등을 회복할 수 있다는 점을 알 수 있다. 어떤 말로 상대에게 상처를 주는지 우리 스스로가 모르고 있을 수도 있기 때문이다.

송희는 그 이후로 나와 언니동생기 되어 무엇이라도 있음 챙겨 보내려고 애쓰고 있다.

얼마 전 포천에 가서 잠시 병문안을 다녀 왔다. 억척스런 송희 여사 조금 쉬라는 뜻인 듯 큰 부상으로 고생을 하고 있지만, 그녀의 삶에 있어 가장 편한 휴식일 것이다.

#4 재혼한 은순 씨 가족 이야기

은순 씨는 남편과 둘 다 사별 후 만나 재혼한 지 8년째다.

남편은 아들과 딸, 그녀는 딸 하나.

재혼 전에 서로 먼저 간 배우자 제사를 지내주기로 합의를 했다. 그래서 해마다 기제사를 지내고 있는데, 아이들이 어릴 때는 그러지 않더니 지금은 제사를 지낼 때면 서로 자기 친엄마 친아빠 제사를 따로 챙겨서 지내는 게 점점 모양새가 이상해지고 있다는 것이다.

잘 살고 있는데 반년마다 한 번씩 애들 친엄마 제사를 지내고, 또

잘 살다가 아이가 친가에 가서 아빠 제사를 지내고……. 가족 화합에
영 도움이 안 되는 듯싶어서 모셔둔 곳에 가서 간단히 지내보려고도
했는데, 남편의 아들이 20살이 넘어가더니 자기엄마라며 제사를 완
강하게 주장하고 권리를 내세우게 되었다는 것이다. 처음 5학년 때
부터 함께 살아온 아들인데 자기 엄마 제삿날만큼은 예민해지더라는
것이다. 그런데 이젠 딸까지 친가에 가서 제사를 지내고 오면 친가
쪽 이야기를 하면서 지금의 새아빠를 불쾌하게 한다는 것이다.

애들이 방학을 하면 아들은 친엄마 친정으로 며칠씩 보내곤 했다.
외할아버지, 외할머니가 살아계시니 당신 손주들 보고 싶어 할 것 같
아서 그렇게 했는데, 갈 때마다 은순 씨는 남편과 아들을 데려다 주
고 데리러 가고 했다.

그런데 갈 때마다 남의 친정까지 가서 딸 노릇을 해야 하고, 이젠
남편이 사위도 아닌데 사위노릇 하는 게 은순 씨는 못마땅하고 영 불
편하다는 것이다.

아이들이 커가면서 자신들의 뿌리에 서로 경쟁하듯 집착하는 것을
보고 부부간 갈등이 생기기 시작한 사연이었다.

재혼가족의 사례들은 다양하고도 범위가 넓다. 이와 같은 상담사
례에서 우선은 아이들의 가치의 다양성을 인정하고 존중해주는 것이
중요하다. 만일 아이들의 가치를 인정하지 않으면 아이들은 더욱 더
집착할 수 있다.

그리고 보이지 않는 계자녀들간의 경쟁이 있을지도 모른다. 이는
부부가 아이들에게 깊은 신뢰를 심어주지 않았다는 반증이기도 하다.

서로 자신들의 자녀에게만 집중하지는 않았을까. 아이들은 예민하

     – 쓰리공 : 공감, 공생, 공유

고 받아들이는 속도가 빠르기 때문이다. 이미 고인이 된 양측의 부모들을 향한 아이들의 몸부림은 왜 나타나는 것일까?

현재 재혼가족 내에서 안주하지 못하고 표출되는 경우일 수도 있다. 평소에 아무 문제없는 듯하지만 이미 문제가 돌출된 경우이다.

아이들과 진지하게 역할을 바꿔 대화해보는 것은 어떨까? 우선은 남편의 전 처가에 갈 때 불편하고 싫은 투정이 아이에게도 전달된 것이다. 그것은 아들로 하여금 자신의 친모에 대한 적극적 애정을 불러일으켰을 수도 있다.

딸아이는 친가에 가서 받는 대접이 남달랐을 것이다. 그로 인해 지금의 계부로부터 받는 애정이 친가에서 받는 신뢰도보다 낮다는 것을 검증한 셈이다. 아이들은 가장 예민하게 받아들이기 때문이다.

잘 사는 것 같지만 아이들 마음 내부에서는 나름대로 자신들의 가족구성원에 대한 신뢰가 따로 구성된 것이다. 그것을 풀어내야 재혼가족의 평화가 찾아온다.

그 역할은 부모들의 몫이고, 부모들은 전처, 전남편이라는 기분 나쁜 존재가 아닌 아이들의 각자 엄마-, 아빠를 존중해주고 이미 고인이 된 그들을 인정해줘야 아이들이 행복한 것이다.

사춘기 소녀적 세상을 향한 프롤로그

살아오면서 나는(필자는) 나의 태어난 존재감과 이유에 대하여 할 말이 참 많았다.

청소년기부터 시작된 이유 없는 두통이 지끈거리며 찾아오면서 다양한 치료법으로도 나아질 기미가 보이지 않자 신경정신과 치료를 권유 받았고 남들보다 훨씬 일찍부터 정신과 치료를 받게 되었다.

극심한 스트레스가 주원인이었던 것이다. 나는 스트레스를 쉽게 받아들였고 극복할 힘이 부족한 심약한 정신을 지니고 있었다. 정신과 의사들은 한결같이 내게 말했다. 지울 것은 지우라고!

오십여 년의 세월동안 출생문제로 시작된 고민의 늪으로 평형을 잃은 나는 불편과 불평의 그늘에서 한시적으로 살아야만 했다.

그리고 스스로 늘 고독했고 아팠으며 자괴감과 희망을 동시에 부여받은 이중적 정신적 주춧돌을 지니기도 했다. 그것을 표현하기 위해 무수한 언어들이 내 혀를 통해 세상 밖으로 살포되기도 했다.

아지랑이 피던 유년의 고향 길에서 꿈을 키우고 나의 야망을 펼쳐

　　　　　　　　　　　　　－ 쓰리공 : 공감, 공생, 공유

나가기 시작하였으나, 나의 삶을 전체로 포기하게끔 만든 사건들이 줄줄이 발생하였다. 아버지의 도산과 중병으로 와병생활을 시작하신 것이 나의 청소년기와 맞아떨어지는 시기이기도 했다. 나는 절망을 터득했고 가내의 여러 아픔을 겪어야만 했다.

결국은 내 안의 아성을 쌓고 나 혼자만을 지배하는 군주로, 혼자 스스로도 견디지 못하여 염세적으로 빠져들곤, 자학이라는 극단적인 처방전을 스스로 내렸던 자아학대폭군으로 전락하기도 하였다.

그러나 오십여 해를 넘기면서 바라본 긴 세월을 되돌아보니, 참으로 덧없던 것들이었음을 깨닫고 이제는 극복의 힘과 방법을 터득하게 되었다. 나는 왜 웃으며 긍정적으로 살아야 하는지를 깨달음을 통해 체험했고, 그것만이 가장 편안하게 사는 길이라고 확신을 한다.

나는 옷을 벗었다. 위선의 껍질을 벗고 당당히 옷을 벗었다. 세상을 향해 지은 죄가 없기에 당당하게 위선의 옷을 벗었다. 사람들이 그들의 생각과 오해와 편견으로 내게 엄청난 돌팔매를 해댄다 하더라도 나는 스스로 행복해질 권리를 느끼고 싶다.

우리집안은 전통적 양반을 부르짖으며 차별화가 심했었기에 그분들은 내게 무서운 세력들이었다. 긴 세월 억압된 가풍 속 그늘에 가려 나를 얼마나 속박하고 조여 왔던가.

어둠의 벗이 되어 산 세월만큼, 이제는 훌훌 벗어던진 채 어린아이처럼 벌거벗고 있어도 부끄럽지 않은 그런 사람이고 싶다. 흘렸던 눈물만큼이나 훌쩍 커버린 내 사고를 내 스스로 대견해 하며…… 그렇게 살고 싶다.

나를 향해 돌을 던진다면 그네들은 돌을 던질 자격이 있는지를 질문해 보는데, 이제는 타인의 인생에 돌팔매를 할 사람들의 그릇됨과 자격에 대하여 오히려 그네들의 영혼세계가 가엾다는 생각이 앞선다.

나는 이제 세상 속에서 자유인이다. 스스로 날개 달고 있지 않은가?

까칠한 성격으로 다른 학생들의 불량한 꼴도 못 봤던 것이 나의 청소년기 때 성향이었다. 그러면서도 친구들이 나를 기억하기를 다른 아이들보다 생각이 많이 앞서갔다고 한다.

당시 나는 힘든 사춘기를 보내면서 나의 아픔을 감추기 위하여 '명랑 · 활달'이라는 수식어를 늘 씩씩하게 붙이고 다녔다. 마음속에서는 힘들고 자학과 싸움하면서도 늘 즐거운 척했다. 그것은 심리적으로 자아의 아픔을 드러내지 않으려고 했던 거짓자아였다.

거짓자아란 외부에서 오신 손님들이 내 자녀에게 예쁘다고 하거나 용돈을 주실 때, 속으론 기쁘면서도 사양하는 척하는 마음이다, 내 삶도 그랬었다.

지금도 가끔 모교방문을 한다. 나의 중3 때 김덕봉 선생님이 이제는 교감선생님이 되어 교편을 잡고 계시다. 선생님께서는 나를 아주 반갑게 맞이하여 주신다. 나의 학창시절을 여쭤 보면 많이 독특했고 생각이 다른 아이들보다 훨씬 혁신적이었다고 회고하신다.

그렇게 세월이 흐르고 나이 들어 뒤를 돌아보니 세월의 흔적들이 고스란히 기억에 남아가는 데 어느덧 50여 해를 지나가고 있었다. 우리 집은 고향에서 으뜸가는 부호였고 방앗간, 약국 등을 운영하며 잘사는 집안이었다. 지금 80대가 되신 고모들이 그 당시에는 서울로 유학을 가서 여고를 다니셨고, 아버지 역시 서울서 유학하시고 고향으로 돌아와 1956년도에는 고향의 면의원을 하셨다.

  – 쓰리공 : 공감, 공생, 공유

　그러나 아버지의 삶은 가족중심보다는 사회적중심이셨기에 가족의 생활보다는 지역발전의 선구자로 많은 활동을 하셨고 아들대신딸로 태어난 나의 존재는 늘 그늘 속에 갇혀 있어야 했다. 어릴 때부터 사람들의 수군거림이 있었고 그 이유를 모른 채 눈치를 봐야 했다.

　우리집안은 명문가로 알려져 있었고 주위에서 동경하는 우리 집안에서 동물처럼 갇혀 사육당하는 나의 마음은 누구도 이해하기 힘들었을 것이다.

　엄하고 무서웠던 할머니부터 모든 가족들은 늘 무언가 중압감이 있었고 양반 행세에 눌려 있었다. 특히 할머니께서 생존해 계실 때는 더욱 더 무게 있고 침울했다. 할머니의 기침소리 한 번에 우리 모두는 긴장상태였으니. 표면적으로 바라볼 때 우리 집안은 거대하고 부잣집이었다.

　1970년대 야당 인사이셨던 아버지는 여당의 탄압을 견디지 못하고 파산했음에도 궁핍한 모습을 절대 내색하지도 않으셨거니와 나 역시 그러했다. 겉은 화려한 집안인데 내면은 가난했다. 그래도 나의 세상은 온통 자연 속에서 꿈을 꽃 피웠다. 6월이면 교내 산자락 기슭에 흐드러지게 피는 아카시아 향기와 학교 교화인 수천 송이의 장미 군단들! 성모 마리아의 동상 아래 곱게 핀 장미꽃, 그리고 성모 광장의 잔디밭. 그 속에서 나는 맑은 청소년기를 보냈고 지금도 성모 광장에서 글을 읽던 그 편안함을 가끔 그리워 하곤 한다.

　열여섯으로 동결된 나의 청소년기의 성모 광장에 대한 추억은 늘 가슴속에 성모님을 품게 하였고 마치 나의 엄마인 듯 의지를 하며 친 엄마에 대한 그리움을 그곳에서 남모르게 길렀었다.

주말이면 개울가에서 운동화, 실내화, 교복을 빨아 널어놓은 뒤 마르면 교복칼라에 빳빳하게 풀 먹여 다림질해 놓고 월요일에 교복을 착용할 때 느끼는 개운함과 청결함을 잊지 못하는 나의 청소년기!

그 삶의 가장 기본은 청결과 맑음이었고, 정영금 수녀교장선생님의 말씀은 늘 머릿속에 평생 지침서로 남아 있다.

"여성의 기본 세 가지 씨앗을 품고 살거라!" 하시던 말씀이다.

그것은 솜씨, 맵씨, 마음씨였다.

 분노의 감정

여유가 사라지고 있다. 농업사회에서 산업사회, IT 산업까지 다양하게 급변하는 문화 속에 살다보니 적응력이 떨어지는 세대와 신세대와의 갈등도 만만치 않고, 가족 간 사고의 변화와 문화적 이질감으로 갈등을 넘어서 이제는 폭도들도 변질되어 가는 충돌이 생겨나고 있다. 그러나 억압을 풀고 폭군으로 변질되기까지, 폭도인 그들은 처음부터 그랬을까?

성격이 난폭하고 괴리한 사람은 불이익을 많이 받는다. 워낙 나쁜 인상으로 낙인 되었기 때문이다. 그러나 흉악범이나 폭행을 저지른 사람들 대다수가 주변인들은 그럴 사람이 아니었다는 반응들을 보인다.

왜 그럴까? 나의 사례를 들자면 물론 상황에 따라 다르겠지만, 이해되는 일부분의 심리상태가 있다. 몇 해 전 아이들 보험을 해지하고자 보험사를 찾았는데 가입할 당시 아이들이 미성년자이므로 보험 계약자이며, 수익자였고, 이미 친권이 있는 호적등본을 첨부하여 제출하였으므로, 입력을 해서 해지권도 인정받아야 마땅한데 생뚱맞게 십 수 년 전에 헤어진 아이들의 아빠로부터 동의서를 받아와야 한다는 것이다.

담당자와 옥신각신하던 끝에 분노에 차서—그 분노는 담당 직원에 대한 분노가 아니라 아마도 양육하지 않고 사는 아이들 아빠에 대한 긴 서러움의 분노 같다—씩씩거리고 나오는데, 주차 문제로 어느 아저씨가 인상을 쓰고 반말을 하는 것이었다. 그런데 나도 모르게 십 수 년 동안 쌓였던 분노가 처음 보는 그 아저씨에게로 몽땅 날아가고 말았(겠)다. 입에서 육두문자가 튀어나오며, 화풀이를 엉뚱하게 퍼부어댔더니 놀란 표정의 그 아저씨는 "별, 미친 여자 다 보겠네!" 하며 가셨다.

그런데 조금 마음이 가라앉고 되돌아보니, 나의 모습은 한 맺혀 절규하는 이혼녀의 모습이었다. 겉모습만 보고 누구든 '미친년, 저러니 이혼했지' 했을 것이다. 한 시간 정도 흐르고 마음이 진정되고 나니, 얼굴도 기억 안 나던 그 아저씨에게 미안한 감정이 들었다.

결국 감정을 조절하지 못할 만큼의 억눌림이 있을 때 인간의 자율신경조절 능력이 현저하게 떨어지는 것 같다.

훗날 대학원서 가족치료와 심리 공부를 하면서 나의 감성을 규제하지 못하는 미분화의 원인을 분석하게 되었고, 배움을 통하여 실습현장을 통하여 자아를 발전시켜 나가는데 큰 도움이 되었던 기억이 있다.

여성으로서 사회생활을 하면서 겪는 스트레스가 상당하다. 이제는 여성을 성희롱하는 언어가 많이 줄었지만, 예전에는 술자리에서 남

   – 쓰리공 : 공감, 공생, 공유

자들의 성희롱 발언은 비일비재해 솔직히 지치고 힘들었었다. 사회생활을 위하여 억지로 웃어야만 했고, 비위맞추기식의 자리가 빈번하던 때도 있었다.

내가 사회복지가로서 성장하는데 원동력이 된 것도 사회생활을 통한 사회적 경험이 풍부하기 때문이라고 생각된다. 상대의 심리를 이해하게 되는데 실천적 현장실습은 큰 도움이 되었다.

사회의 불만을 가진 사람은 스스로 내면이 평화롭지 못한데, 이는 주변 사람들 조차도 인식하지 못하고 있다. 그 불만은 곧 사회로 표출하게 되고 터져 오르는 억눌림은 용트림 치는 용암의 불길처럼 불타오르는 분노가 되어 사람들에게 해악과 위해를 가하게 된다.

혹시 우리 스스로가 그 사람을 범죄자로 만들어가던 가해자는 아니었을까?

가슴으로 낳은
사랑

　사실 처음에 내게 '입양'이란, 단어만 나와도 가슴시리고 숨고 싶고 미안하고 말로 형용할 수 없는 가슴속의 깊은 먹먹함을 지니고 있는 단어였다.

　입양의 종류에는 비공개, 공개, 개방이 있다는 것도 사실 알게 된 지 얼마 되지 않았다. 입양아 부모가 되기 위하여 그렇게 많은 사람들이 아이를 가슴으로 낳기까지 아이에 대한 많은 공부를 하는 것을 보고 적잖이 놀랐다. 입양한 아이가 성장했을 때 겪을 혼란까지도 미리 마음의 준비를 하며 받아들이고, 아이와 함께 할 수 있는 프로그램에 참여한 것이다. 입양가족모임 카페를 가입하는데 큰 도움을 준 건 후배였다. 후배는 남편이 불임이라 입양을 선택하게 되었다. 그녀는 초혼에서 힘든 결혼생활을 마치고 이혼하여 전남편과의 사이에서 얻은 두 자녀 중 아들은 전남편이, 딸은 본인이 양육하던 중에 지금의 남편을 만나 재혼하게 되었다. 그런데 남편은 불행스럽게도 아이를 낳을 수 없는 불임 상태였고, 부부는 오랜 기간 상의 끝에 아이

– 쓰리공 : 공감, 공생, 공유

를 입양하기로 결정을 내렸다고 한다. 그녀는 당시 상황을 떠올리며 처음 작고 예쁜 딸아이를 입양했을 때 마치 하늘에서 내려온 작은 천사 같았다고 말했다.

한때 나는 후배 아기의 사진이 카카오톡 스토리를 통해 올라올 때마다 주눅들은 입장으로 '아, 예쁘다'라고 생각하면서도 선뜻 후배에게 다가서질 못했었다. 무언가 쥐지은 감정이 들었던 것도 사실이고, 이런 나의 마음을 이해 못할 거라는 생각에 속마음을 털기에 이르다는 판단 때문이었다. 아무런 내용도 모르면서 철없이 키보드를 두드려대는 어린 학생들의 인신공격적인 댓글에 너무나 큰 상처를 받아 힘든 시기인지라 당당히 드러내고 말도 제대로 못하던 때였다.

아들을 보낼 당시, 나는 스물여덟이었다. 경제적인 상황을 표현하자면, 완전 거지 신세였다. 이미 아무것도 없는 상태였긴 했지만, 이혼할 때 난 몸만 나왔고 (이후 상세한 내용은 〈툭툭 털고 삽시다〉 2~3권에서 밝히기로 하고) 아이들을 맡길 곳도, 그렇다고 해서 받아주는 곳도 없었다.

1989년 당시 가리봉동 닭장방은 정말 돈 없고 갈 곳 없는 사람들의 숙소 같은 곳이었다. 아이들과 함께 기거하던 1989년도 스물여덟 엄마의 바람은 그저 아이들이 배고프지 않았으면 좋겠다는 것이었다. 학벌이 없는 관계로 직업을 제대로 선택할 수도 없었고 -2004년도 검정고시 이후, 대학교 학사 · 대학원 석사 학위 취득- 식당에서 일하면서 손님들이 먹다 남긴 고기나 반찬, 밥을 싸와서 먹이곤 했었다.

눈물 나는 시간을 향해 사람들을 굳지도, 알려고 하지도 않고 무작정 돌팔매질을 해대며 '성공한 아들을 뜯어먹고 사는 년, 죽어! 라는 글이 인터넷에 올라왔을 때 정작 두려웠던 것은 얼굴도 모르는 네티즌이 아니라 상처받고 휘청거리는 아이들과 자아였다. 상세 내용은 중략하기로 하겠다.

후배는 딸아이 돌 무렵 다시 입양을 선택하여 아들을 입양하였다. 딸은 시설에서 데려올 때 10일된 아기였고 아들은 5일된 아기였단다. 후배와 대화를 나누다보니 입양에 대한 열린 마음으로 선택하였음을 알게 되었다. 본인도 이혼하면서 데려오지 못한 아들에 대한 회한과 미안함에, 아기들을 놓고 갈 수밖에 없었던 엄마의 마음을 이해할 수 있게 되더라는 것이다. 처음에 그녀는 공개입양을 선택하였는데, 공개입양은 가슴으로 낳았다는 것을 늘 인지시켜주고 입양행사에도 데려가는 것을 말한다. 입양아들끼리 모임도 한다는 것이다. 차츰 개방입양으로 진로를 바꾸고 있었다. 그녀의 두 아이들을 낳은 엄마는 각자 사연이 있단다.

아기들 엄마가 10대도 있고 20대도 있는데 한 아이의 엄마는 고등학생이었고, 한 아이의 엄마는 이십대 미혼 아가씨였는데 그만 유부남과 불륜의 사랑을 통해 낳은 아이라 입양이 결정되었다는 것이다. 개방입양은 훗날 본인이 낳은 아이에 대한 그리움과 미안함으로 혹은 아이가 성장하여 친모를 찾고 싶어 할 때 흔쾌히 만나게 하는 것으로, 아이를 주체로 한 인권을 지켜주겠다는 것이다. 후배의 입양방법은 아기의 주체적인 인격을 존중해주는 인권적인 육아방식이었다.

아직도 한국의 보수적인 친자녀에 대한 강한 애착으로 입양에 대한 편견이 상당히 강하다.

                                        － 쓰리공 : 공감, 공생, 공유

누군가가 아이를 낳지 못했을 때 상대방의 귀책사유로 집안 간 대화가 부드럽지 않게 되고, 친자가 있음에도 입양을 하려 할 때면 양가에서는 "그럴 돈 있으면 가족들어게 더 잘해!"라는 반응을 보인다.

여기에서 우리가 주목할 만한 점은, 이러한 입양에 대한 부정적인 반응은 주로 타인이 아닌 가족에게서 많이 듣게 된다는 점이다.

누군가가 뒷담화로 입양에 대해 비난하면 '오지랖'이라고 외면할 수도 있는 상황이지만, 내 가족들과 내 형제들이 반기를 들고 비난부터 하게 된다면, 입양한 아이도 성장과정에서 심한 외로움과 인지되지 못하는 괴리감을 겪게 된다.

현대 사회의 입양복지 발달로 인해 입양하는데 돈이 들지 않는다고 하면, 가족들의 보편 일률적인 의견은 "애 키우는데 얼마나 돈이 많이 드는데, 니네 자식이면 몰라도 왜 남의 자식까지 키우며 돈지랄하냐? 돈지랄할 거면, 시댁·친정·형제들에게나 잘해!"라는 것이다.

문화적발달로 사회적으로 性開放은 늘어나

연간 혼외 자녀 출생이 1만여 건이라고 발표를 하고 미혼모들의 자녀에 대한 대책도 언론에서 시끄럽게 다루고 있지만 정작 자기 집안에서 입양을 하겠다는 의사표현이 나오면 보통사람들의 반응은 부정적이다.

아이는 절대 돈으로만 키우는 게 아니며 진정한 사랑을 통해 키워져야 한다. 마치 돈만 있으면 애들 백 명이라도 키울 것 같다는 것은 시설장이 국가보조금을 받아 운영하는 집단양육을 하는 분들이 하는 경우이다.

입양에 대해 말하면 열이면 아홉이 반대하는 이유는 아이가 크면 반드시 속을 썩인다는 것이다. 그리고 결국엔 핏줄이 당길 것이라는 게 그 이유다.

그러나 여기서 우리가 알고 지나가야 할 일이 있다. 핏줄이나 친자식, 남의 자식을 떠나 아이를 중심으로 행복지수를 높여준다면 그것은 가장 최상의 인생이 될 것이다.

살아온 정이 가장 큰 것이다. 물론 낳아준 정에 대한 감사도 있지만, 살아온 환경에 대한 환경적 지배를 인간은 겪고 있기 때문이다.

아이가 나중에 커서 낳은 부모를 찾아가면 입양부모는 껍데기만 남게 될 것이라는 편견도 버려야 한다. 친자녀들도 환경적 조건에 불행을 느끼게 되면 친부모를 위해하고 패륜적 범죄를 저지르는 사회다. 모든 부모는 어차피 껍데기다.

알맹이가 자식들임을 인정하지 않는 부모는 없을 것이다.

'그리움'은 그 대상에 대해 알고 있을 때에야 비로소 느껴지는 감정이다.

길을 가다 스쳐도 모를 사람을 그리워해 본 적이 있는가?

생전 본 적도 없는 사람을 그리워해 본 적이 있는가?

입양 아이들이 기억에도 없는 친부모를 '보고싶다'고 표현하는 것은 진실로 자신을 낳아준 부모가 그리워서 그러는 것이 아니라, 그저 자신의 '뿌리를 알고 싶다', '확인하고 싶다'의 다른 말임을 알아야 한다.

떠난다는 것에 지레 겁먹지 말아야 한다.

설령 알고 방황한다 해도 입양한 아이들은 이제 낳아주신 부모님, 키워주신 부모님, 이렇게 네 분이 계실 수도 있는 것이다. 물론 상황에 따라 두 분이나 세 분이 될 수도 있지만, 자신을 낳아주신 분, 키

　　　　　　　　　　　　　　　　　　　－ 쓰리공 : 공감, 공생, 공유

워주신 분에게도 감사함을 느끼게 해줘야 진정한 아이의 행복지수가 높아지는 것이다

아이는 내가 움켜쥘 수 있는 소유물이 아니라 한 인격체다. 참된 교육을 받고 성장된 인격체이기 때문에 키워준 은혜를 외면하거나 떠나지 않는다. 언젠가는 내 곁을 떠날 것이라는 불안감에 휩싸여 아이에게 친부모에 대한 안 좋은 인식과 기억을 심어준다면 그것은 대가를 바라고 보상을 얻으려는 길러준 부모로서의 욕심이 강해지는 것이다. 그냥 내 욕심 부리지 않고 아이가 하고 싶은 일을 하면서 자유롭고 행복하게 산다면, 그리고 건강하게 오래도록 잘 산다면 미래를 이끌어갈 우리 사회의 더 큰 일꾼을 창조해내는데 일조를 하게 될 것이다.

반편견 입양교육 중, 우리 사회의 입양에 대한 편견 가운데 하나로 입양에 대해 '버려졌다'는 표현을 쓴다는 것을 꼬집었다.

시연을 했던 강사들은 이 표현이 왜 잘못인지를 잘 설명했다. 쓰레기가 아닌 사람에게는 이런 표현을 쓰면 안 된다는 것이다. 또 입양 아동이 그런 이야기를 들을 때마다 상처를 입는다고도 했다.

모든 언론에서는 입양아를 '버림받은 아이'로 표현을 하고 있다. 자극적이다. 자극적인 문구에 클릭수가 높아지기 때문에 아이들과 가족들을 빗대어 그들은 상업적 언어를 사용하는 것이다. 내가 봤던 한 신문기사에서는 "한국에서 해마다 버려지는 아이들이 1만 명 정도 됩니다"라는 구절이 있었다.

버려지는 것이 아니라 사랑으로 선택받은 소중한 인연의 새로운 가족들을 만나는 것이 입양이다. 버려졌다란 표현에 아이들은 자신들

이 짐승만도 못한 사람들이 부모라고 낳아서 쓰레기처럼 자신을 버렸다고 오해하고 비관에 빠져들기 쉽다.

버려졌다는 것은 실제로 생명을 책임지지 못하고 죽음에 이르도록 방치한 것을 말한다. 이 경우에 죽음에 이른 그 아이는 버림을 당한 것이다. 그러나 멀쩡하게 잘 자라고 있는 아이에게 "너의 엄마가 버렸어!"라는 것은 자식을 길러준 부모입장에서의 욕심이 앞서기 때문에 나오는 비관적 단어이다.

예를 들어 이혼한 가정에서는 아이가 편부, 편모가정의 경우 어느 한쪽 부모가 역할을 다하지 못했을 때 이를 무조건 버렸다라고 하면 어떻게 될까? 다양한 사정이 있을 키우지 못한 쪽은 무조건 가해자 취급의 범죄 부모가 되는 것이고, 키워준 부모입장은 양육의 보상심리를 찾으려고 하는 것과 같다.

가장 중요한 것은 자녀의 입장에서의 양가의 평등한 행복지수이며 이해관계이다.

친부모와 입양부모와의 갈등은 서로의 욕심에서 비롯되는 것으로, 누가 누굴 범죄자 취급할 수 있는 것은 아니기 때문이다.

실패 사례

나의 당숙 아저씨는 동아일보 초대 기자였고 인천 지사장을 지내셨는데 고려대 커플이었던 당숙모님과 너무도 다정하게 잘사셨다. 불임부부였던 당숙부님댁은 47년 전 3개월 된 아들을 입양해서 길렀다.

1960년대 입양이란 것은 거의 비공개 입양이었다. 지금처럼 유전

   – 쓰리공 : 공감, 공생, 공유

자검사도 없을 시기였고 부모와 입양자식간의 혈액형을 맞추지도 않았던 시기라 그저 외모가 비슷하면 데려다 길렀었다.

당숙부님댁은 입양한 자신의 아이를 부러울 정도로 예쁘고 깔끔하게 옷을 입혀 키우셨다. 시골서 살던 나에게 인천 동생은 늘 말끔하고 단정했던 이미지였다.

훗날 동생은 학교에서 건강검진 중 혈액형이 부모와 완전 다르다는 것을 알고 친부모님이 아니라는 것에 충격을 받아 엇나가기 시작했다. 늘 부모님께 속 썩이는 아이로 전락한 것이다. 한편 동생입장을 생각해 보면 늘 반듯하고 엄격한 부모님과 자신이 비교되었을 것이다. 두 분 모두 정갈한 분들이셨다.

나이가 들어 결혼도 하였으나 결국 원가족—자신을 중심으로 생부모와 형제—의 아픔을 극복하지 못하고 주변분들의 기원에도 불구하고 이혼 후 방황하다가 결국 집을 떠나고 말았다.

그 뒤로 당숙모께서 암으로 돌아가셨고, 홀로 남은 당숙부께서도 암으로 세상을 뜨셨다. 당숙부님은 우리 아버지 사촌 동생인데 2003년 말기암에 걸리셔서 가족도 없으실 때 우리 집에 오셔서 잠시 기거하시다 돌아가셨다. 당숙께서는 "차라리 구박받던 너를 데려다 키웠으면 예쁜 딸이 되어 사랑을 충분히 주었을 것을……" 하시며 아쉬워하셨다.

지금 동생은 어디에 살고 있는지 궁금하다. 미움보다는 동생의 마음 또한 이해가 된다. 그래서 어려서부터 이해라고 받아들이는 공개입양의 선택이 맞다는 판단이다. 비공개 입양아들의 정신적 충격지수는 엄청나다. 본인이 겪는 스트레스는 말로 형용할 수 없을 것이다.

성공 사례 - 바라만 보아도 행복하다는 바보가족 이야기

KBS 1TV '인간극장'에서 방송되었던 '바보가족(바라보아도 행복해지는 가족)'을 방송을보면서 진한감동과 진정한 사랑을 보고 느낄수 있었다.

대전 용두동의 한 주택가. 윤정희(47), 김상훈(52)씨 부부에게는 하은(14), 하선(13), 하민(11), 요한(8), 사랑(7), 햇살(7) 6남매가 있다. 웃음 많고 장난기 넘치는 평범한 아이들이지만, 이들 6남매는 부부가 가슴으로 낳은 입양아다. 게다가 모두 하나 이상의 크고 작은 장애를 가지고 태어난 아이들이다.

10년 전 세 번의 유산을 겪고 낙담에 빠진 부부는 운명처럼 입양을 결심하고 친자매였던 하은·하선 자매를 시작으로 여섯 아이를 품에 안았다.

이들 가족의 현관문은 늘 열려 있다. 6년 전 부부가 동네 아이들을 위한 공부방을 시작했기 때문이다. 조손가정이나 편부모 밑에서 자란 이웃 아이들을 그냥 지나칠 수 없었던 부부는 이 아이들의 또 다른 부모가 되어 주기로 결심했다.

6남매를 가슴으로 낳고서야 진정한 사랑의 의미를 깨달았다는 이들 부부는 아이들을 내준 세상에 빚을 갚는 심정으로, 몸이 아픈 이에게 신장을 이식해주기도 했다.

특히 윤정희 씨는 베트남 아이인 넷째 요한이를 위해 어려움에 처한 이주여성을 돕기로 결심했을 정도로 이들에 대한 사랑은 끝이 없다. 2011년 1월 첫 주에 방송된 바보가족 이야기.

나는 윤정희라는 여성을 통해 진정한 가족애에 가슴이 뭉클했고 또 많이 울었다. 그녀의 행복감과 그녀의 진솔한 사랑 앞에서……. 끝자락에 혼잣말로 아이들의 친엄마에게 던지는 메시지. "우리 아이들 보고 계시죠? 잘 자라고 있어요. 언제든지 보고 싶을 때 보러 오세요." 라며 아이들의 친부모들에게 던지는 말에서 진솔함이 묻어나왔다.

그녀의 입양은 진정한 사랑이었다. 피치 못할 저마다의 사정으로 기르지 못한 아이들을 입양하여 친자식처럼 사랑으로 감싸 안고 사랑하는 모습을 보며 아마 그녀는 훗날 아이들의 부모가 나타나도 흔쾌히 아이들을 보낼 마음의 준비를 하고 사는 진정한 사랑의 전령사 같다.

입양자녀의 인격을 인정하고 아이를 떠나보낼 수밖에 없는 상황을 이해하며 친부모에게 희망의 메시지를 보내는 양부모의 따스한 인간애는 다시 한 번 시청자를 눈물짓게 하였다.

'바보가족'을 보며, 나는 진정한 가족애를 보았다. 남편의 가족들(시어머니, 시누이)과 아내의 가족들(친정엄마, 언니, 오빠들). 따뜻한 가족들 속에서 성장한 두 남녀가 자신들 자식을 낳지 않고 남의 아이들을 입양해서 기른다는 선택, 그리고 신장을 기증하고 타인을 위해 헌신적이고 봉사하는 자세는 모범적이고 배울 점이 크다는 생각이 든다. 나 역시 봉사활동을 다닌다고 열심히 다녔지만, 부부의 모습을 보며 얼마나 부끄럽고 가슴이 뭉클하던지 더 큰 일을 통해 하느님께서 사명감을 주시리라 믿게 된다.

이러한 가정에서 자란 아이들은 도두 인성이 따스하고 나눔을 실천하는 삶을 살게 될 것이다.

여성으로서 수많은 난관과 장애가 있었지만, 나 역시 인간 승리를 하고 싶다.

프랑스 폴뢰르 펠르랭 프랑스 중소기업 혁신 디지털경제장관!

폴뢰르는 1973년 여름 한국에서 태어나 부모가 누구인지 모른채거리에서발견된 아기였고 고아원으로 보내져 프랑스에 입양되여진 경우이다. 1974년 추운겨울 프랑스의 샤를드골 공항. 하얀 강보에 싸인 동양의 한국인 아기가 프랑스 양어머니의 가슴에 안겼다. 입양된 가정의 분위기는 꽤나 정서적으로 지적이고 자유로웠다. 양 아버지 조엘은 핵물리학 박사로 국립과학연구소(CNRS) 연구원으로 있으면서 핵안전청에서 일하다 개인 사업을 하고 있었고, 양어머니는 인자하고 자상한 주부였다. 입양시에 입양부부의 주변환경이나 정서적환경이 중요하다는것이다. 이들 부부 사이에 두 아들이 있었지만 유전 질환으로 일찍 세상을 떠났고 두 아들을 잃은 직후 한국에서 여자 아이를 입양했는데 너무나 예쁘고 똘똘해서 이름 폴뢰르(프랑스어로 '꽃')라고 지었다고한다 생후 6개월프랑스로입양됐던 그 아기는 38년 뒤 프랑스인들이 부러워하는 최고의 여성 최고의 엘리트 장관이되였다. 문화 · 방송 · 디지털 경제 전문가로 프랑수아 올랑드 프랑스 정부의 폴뢰르 펠르랭 프랑스 중소기업 혁신 디지털경제장관이다. 그녀는 자신을 떠나보낸 모국 한국을 방문하여 지하철을 타며 직접체험도 하고 서울을 방문하여 환한미소를 남기고 떠났고   입양수출나라의 우리사회는 많이 부끄러워해야했다. 폴뢰르장관은 최고 수준의 엘리트 교육과정을 거쳐 성공한 여성의 아이콘으로 부상했다. 영재였던 그녀는 남들보다 2년 빠른 16(세 때)살 무렵, 바칼로레아에 합격하였고 파리정치대학을 졸업하는 등 여성 엘리트로서 꾸준한 성공가도를 달려왔다. 또한 2010년부터 여성정치인 모임인 '21세기 클럽'의 회장직을 맡고 있습니다. 현지언론에 따르면 플뢰르 펠르랭 장관은 베짱 있고 자신감 넘치는 성격이라고 한다 입양을 통해 개인과 사회의 빛이 되어준 폴뢰르장관!

그녀를 성공하게 이끌어주신 분들은 어려서부터 한복을 입혀서한국인임을 알려주었고 자신감 있게 키워준 양부모님의 인류애적인 사랑이 존중스러운것이다.

폴뢰르장관의 성공에 한국정부는 부끄러워 크게 알리지 못하고 있는 현실이 안타까울따름이다.

입양자녀 상담사례

#1 지현이 이야기

안녕하세요? 저는 수원에 살고 있는 고등학교2학년 우지현 이라고 합니다.

가끔 저는 엄마랑 형제처럼 말다툼도 하고 크게 싸워요. 별것도 아닌 일에 저도 모르게 신경질을 부리게 되고 예민하게 굴게 돼요.

절대로 해서는 안 될 말이 오늘 저 입에서 터져 나왔어요.

"씨~ 엄마가 나은 자식이 아니어서 그런 거잖아? 내가 친딸이었으면 그랬겠어?"

툭 던진 저의 말에 놀란 엄마가 아무 말씀도 안하시고 방문을 닫으시고는 안방으로 가셨어요.

　한참 뒤 말을 뱉고 두려움에 떨고 있는 제게 엄마에게서 카카오톡이 왔어요. 잠깐 밖에 나가 산책을 하자는 거였어요.

　함께 산책 나간 엄마는 조용히 제 손을 잡으시더군요. 미안하고 죄송스러운 마음이 들었어요.

　엄마가 들려주시는 이야기는 뜻밖인 나머지 너무도 놀라웠어요.

　엄마도 외할머니께 입양된 딸이란 것이었습니다. 그리고 엄마도 제 나이 또래에 외할머니께 저항을 했고 외할머니는 이런저런 속상함을 지니고 계시다가 엄마가 결혼도 하기 전에 돌아가셨다는 거예요. 그 말을 들은 저는 그만 엄마의 어깨를 끌어안고 펑펑 울었답니다.

　엄마에게 잘해드리지도 못한 채 제자신만 아프다고 투정부리고 저항한 것 같아서 가슴이 아팠어요. 정말 엄마랑 둘이서 그렇게 운적도 처음이었어요.

　엄마가 그러시더군요.

　"지현아~ 좀 더 커서 알지 그랬니. 어린 너가 얼마나 힘들었을까."

　아빠가 오실 때까지 엄마와 저는 많이 울었답니다.

　정말 이런 날이 올지는 알았는데……. 이렇게 한순간에 와버릴 줄은 몰랐어요.

　엄마가 그러시군요. 이 이야기는 나하고 너만 알자고, 아빠는 모른 채 행복하게 살자고 해서 엄마랑 약속을 했어요.

　예전에도 엄마는 "우리 예쁜 지현이 때문에 산다"라고 자주하셨는데 엄마가 저를 그렇게 깊게 사랑하고 생각하는지는 몰랐었어요.

　　　　　　　　　　　　　　　 － 쓰리공 : 공감, 공생, 공유

#2 명훈이 이야기

저는 신생아 때 입양되어 입양 전의 기억은 없습니다.

아버지와 어머니는 불임부부이셨고 결혼 후 12년 만에 저를 입양을 하신 겁니다.

저는 가족과 친지들만 아는 비공개입양이라고 하더군요. 가족과 친척들이 철저히 함구해서 저는 아무것도 모르고 성장하였습니다. 그런데 초등학교 5학년 때부터 이상한 것을 눈치 채고 출생의 비밀에 대한 의구심을 품게 되었습니다.

신생아 때나 아기 때 사진이 없었던 점도 그렇고, 출생신고가 너무 늦게 되어 있던 점, 아빠 엄마와도 닮지 않았고 다른 집처럼 입술에 뽀뽀를 한다든가 보통 엄마들처럼 하나밖에 없는 아들에 대한 집착도 애정도 약해서일지……. 제 느낌이 이상했습니다.

특히 친척들이 다녀가실 때마다 무언가 조심하려고 하는 것도 이상했고, 제 눈치를 보면서 말씀을 하시는 것도 이상하게 여겨졌습니다.

엄마는 마음이 참 여리신 분인데. TV에서 출생의 비밀을 내용으로 하는 드라마들을 보면서 늘 항상 저에게 물으셨습니다.

"명훈아 너는 저런 상황이면 어떻게 할 거야? 키우지 않은 친부모를 찾아갈 거야?"등 드라마틱한 상황의 질문을 하십니다.

저는 "무슨 소리야! 난 당연히 엄마 아들이지! 버린 사람들을 왜 찾아가? "라고 응수하면 엄마는 눈물을 글썽거리시며 기뻐하시곤 했습니다. 드디어 대학생이 되었고 어삭한 느낌을 드디어 현실을 알게 되었습니다.

사촌형이 맥주 한 잔하자고 불러내더니 대학생활을 묻고 이런저런 이야기 끝에 "작은아버지의 부탁을 받았다. 명훈아 너도 이제 알 건 알아야지" 하면서 제 입양문제를 이야기 하더군요. 그러면서 제 친엄마는 고등학생이었다는 겁니다.

아마도 고등학생들끼리 사고를 쳐서 저를 낳았고 제가 운 좋게도 지금의 부모님께 입양이 된 것이지요. 듣고 보니 웃음이 피식 나왔습니다. 나를 낳아준 엄마가 고등학생이었다는 사실에 왠지 마음 한 켠 그분도 평생 가슴앓이 하고 살고 있겠구나 싶었습니다.

그날 사촌형과 진하게 맥주를 마시고 털고 일어났습니다. 그 일로 좌절을 겪을 나이도 아니고 이미 예견된 일이라 무덤덤했습니다. 그 이후로 가족들과 그 부분에 대해서는 더 이상 이야기하지 않고 예전과 똑같이 웃으며 잘 지내고 있습니다. 만약 친엄마가 저를 찾으신다면 그분도 어머니이니까 찾아뵙고 싶습니다. 그러나 지금 부모님이 주신 사랑이 크고 깊어서 저는 지금 가족들과 평생 행복하게 살 것입니다.

미움과원망은 없습니다. 워낙 지금 부모님들이 잘해주셨거든요. 부모님들께도 안심을 시켜드렸지요.

많은 입양부모님들의 걱정은 친부모에게 돌아갈 것을 염려하시지만, 사실 그렇지 않습니다. 살아온 정이 얼마나 크고 깊은 건데요. 물론 낳아준 부모님도 사정이 있으셔서 입양을 선택했겠지요. 그분들의 인생에도 행복함이 크게 깃들기를 조용히 기도드린답니다.

위와 같이 입양가정은 표출이 안 될 뿐이지 다양한 입양가정이 있다. 입양의 종류에는 비공개입양, 공개입양, 개방입양 등이 있는데,

  – 쓰리공 : 공감, 공생, 공유

입양 보내는 엄마의 입장을 분류해보면 상당히 다양한 경우와 경로를 알 수 있다.

또한 입양 받은 엄마의 분류를 통해 분석해 볼 때 불임인 경우 혹은 자녀가 있는데 입양인 경우 또는 자신의 자녀를 낳지 않고 입양한 경우 등 다양한 경우가 있다.

입양특례법 재개정
더 이상 미룰 수 없다

2013년 5월 10일 국민권익위원회가 입양주간(5.11~5.17)을 맞아 발표한 '입양관련 민원·제안분석' 보도자료에 따르면 입양특례법의 개정 요구가 많았다.

개정된 입양특례법은 '11년 8월 4일 개정되어 '12년 8월 5일부터 시행되었다. 주요 내용은 첫째, 입양이 종전에 관할 시군구의 입양 신고제에서 가정법원 허가제로 전환된 것이다. 둘째, 입양신청 시 출생신고 의무화이다. 셋째, 출생 후 7일이 지나야만 입양동의 효력을 인정하는 입양숙려제이다.

국가권익위원회 민원 접수 사례 중 입양특례법과 관련된 사례들이다. 2013년 1월에 있던 접수 건이다.

"10대 미혼모로 아이를 낳았지만 남자친구가 임신 사실을 알게 되어 연락이 끊긴데다가, 사라진 아이아빠를 찾더라도 미성년자인 당사자들을 대신해 양가 부모의 입양동의까지 받아야 해 막막한 심정이다."

2012년 7월에서 8월 사이에는 이러한 민원 접수가 들어왔다.

"입양특례법 상 출생신고를 해야만 입양을 보낼 수 있게 되었는데, 입양이 될 경우 가족관계등록부에 등재 내용들이 삭제된다 하더라도 입양이 성립되기까지 수개월 동안 미혼모들이 겪을 심적 고통 및 사회활동의 어려움이 크다."

같은 해 10월에 들어온 민원 접수이다.

"입양기관에서 저녁 6시 이전 평일상담만 가능하고, 교육도 8시간 평일에만, 가정방문도 평일에 두 부모가 함께 있어야 통과가 된다고 하니 맞벌이 부부는 입양이 현실적으로 불가능하다."

다음 달인 11월에는 이와 같은 긴원이 접수되었다.

"양친이 될 사람은 마약·알코올 등 약물중독 검사를 받아야 하는 데 검사 병원을 찾기 어렵고, 검사 항목, 비용도 제각각 이며, 입양 기관 가정 방문 후, 법원에서 양육환경 조사를 나온다고 하는데 가사 조사관에게 교통비(서울 5만 원)를 지급해야 된다고 한다." ('12.11월)

이런 신고는 민원 말고도 언론어서도 입양특례법의 부작용과 재개정을 요구하고 있다.

'아기 버리는 엄마 늘어나는데…… 슬픈 베이비박스(한국일보, 2013.04.27.)', '입양 발목 잡는 입양특리법(아이뉴스충북 사회, 2013.05.09.)', '입양법 개정 후 버려지는 아기 급증(매일경제 사회, 2013.04.14.)'…… 인터넷에서 입양특례법이라는 키워드만 입력해도 무수히 많은 부작용 사례들이 쏟아져 나온다.

입양된 아이들이 나중에 친부모를 찾고 싶을 때 찾을 수 있도록 도와주고자 하는 취지, 입양된 아이의 인권과 행복을 생각해서 양친자격을 엄격히 법원에서 심사해서 허가하고자 하는 취지 모두 좋다.

그러나 아무리 의도가 좋더라도 더 많은 아이들이 버려지는 등 더 큰 부작용이 발생되고 있다면 겸손히 보완 방법을 찾아봐야 한다. 우선 출생신고가 아닌 다른 방법을 통해 친생부모 관련 기록을 유지하는 방법의 도입을 검토해야 할 것이다.

입양아들에 대한 교육방식도 변화해야 한다.

사회적 편견 상 입양가정은 남의 아이를 입양한 대가로 헌신적인 희생을 강요하고 있고, 국가나 지자체의 정부지원은 당연하다는 반응들이다. 아이를 낳은 생부모를 자녀를 양육하지 못한 대가로 '버렸다'는 단어와 질책으로 원가족 해체의 주범으로 몰고 가는 원망의 감을 양산시키고 있다.

게다가 어쩔 수 없는 상황에서 임신이 된 미혼모는 사회적 편견과 스스로 편견의 덫에 갇힌 채 부정적인 생각으로 생활하며 삶의 목표가 좌절과 실패로 달라져 버리는 경우도 있다.

그러나 어린 미혼모들은 선택의 여지가 없다. 만약 고등학교 2학년인 아이가 남자친구와 인연으로 임신사실을 감춘 채 출산일이 다가온다면 그 아기를 위해 고등학교 여학생의 앞날을 묶어버리기도 어려운 게 부모입장에서는 사실 당연한 것이다.

다양한 사연과 문제점엔 진실한 해답을 찾기란 어렵다.

사례로 고등학교 딸아이를 둔 부모는 딸이 임신을 하자 본인들의 자녀로 호적에 올려 양육하는 사례가 있었다. 그러나 딸아이는 자신의 자식이 동생으로 커가는 과정에서 죄책감과 미안함에 결국 가출을 해서 방황하다가 잘못된 경우도 있었다.

우리는 이혼한 가정의 아이들에게도 버림을 받았다는 표현을 쓴다. 그러나 버린 것이 아니다. 한국사회는 이혼을 하고 자녀를 버린다는 것으로 표현을 하는데 사실 이혼 후 전 배우자는 아이 곁에 오지도 못하게 방어벽을 쳐놓은 상태이기 때문에 다가갈 수 없는 경우가 많다.

특히 유책 배우자인 경우는 더욱 심하다. 아이들의 부모입장보다는 부부간 갈등과 유책사유에 의한 이혼 후에 분노를 자녀들에게 인지시켜주기 때문에 결국 아이들은 분노와 원망과 미움을 동시에 훈련받으며 성장되는 것이다. 그럼에도 불구하고 아이를 '버렸다'라고 표현한다.

길에다 유기한다든가 방임하여 굶어죽었다면 이것이야말로 버린 것이다. 그러나 어쩔 수 없는 선택에 의하여, 아이의 인생을 위하여 입양절차를 밟은 경우라면, 이것은 버린 것이 아니다. 그러한 선택에 대해 '버린다'는 표현을 사용하는 것은 어쩌면 입양한 자식이 보고자 원할 때 친부모를 만나는 것에 대한 두려움, 즉 자녀가 양부모를 외면하고 떠날지도 모른다는 것에 대한 두려움 때문일지도 모른다.

가족해체의 진전으로 인한 아이들의 문제는 시급하다. 현재 한국사회에서는 매년 1만여 명의 혼외자녀들이 출생되고 있다. 이는 한 개인의 문제가 아닌 사회적·기초적인 문제이기 때문에 이혼가정의 자녀든, 입양자녀이든, 재혼자녀이든 아이들이 상처를 받는 환경이 어른들의 새로운 지각적 변동으로 형성되어야 할 것이다.

신생아라면 모를까 돌을 지난 아동들은 이미 성격이 형성되어진 연장아이다. 연장아 정도의 12개월령 이후의 아동들은 새로운 환경에

대한 애착 형성이 안 되어 있다. 또한 헤어짐에 따른 어른들에 대해
신뢰가 형성되어지지 않은 시기이기도 하다.

　아이를 버림받은 아이로 표현하지 말고, 낳아준 사랑을 인지시켜
주고 길러준 사랑도 함께 아이가 받아들이게끔 인지해야 한다. 남의
자식을 키웠으니 보상받으려는 보상심리나 무조건적인 사랑을 강압
적으로 요구한다면, 아이들은 정체성 혼란에 빠져 성인이 되어도 자
신을 사랑하지 못하게 된다.

－쓰리공 : 공감, 공생, 공유

22

따리 튼 엄마

2012년도였다. 막내딸과 수능문제로 대학진로에 대해 이야기를 하는데, 자신의 진로를 두고 표류하는 막둥이에게 좋은 방향을 거부한 채 냉정한 아이를 보니 나도 모르게 아기 때부터 혼자 키워온 설움에 울컥하고 말았다.

막내에게 여러 기획사에서 광고 섭외가 들어왔는데 거부를 하는 것이다. 연극영화과를 선택하라고 하도 굳이 자신은 영상제작을 하겠다는 것이다. 자신이 주인공이 아닌, 다른 사람을 주인공으로 영상을 만들고 연출을 하겠다는 것이다.

내 뱃속으로 낳았다고 혀에서 튀어나온 모진 말들 주저리주저리 쏟아 피 토하듯이 뱉어놓고 넋 나간 여인처럼 주방에서 소주 반 병 따라 포도 두 송이를 안주 삼아 마셔버렸다.

내 감성은 왜 이렇게 눈물바다를 이루고 있을까?

그것은 아마도 아들 덕에 산다는 오해를 씻기 위하여 딸이라도 잘 되길 바랐던 엄마 마음이었을 것이다. 그런데 오히려 그것이 많은 이

들에겐 더 큰 오해를 불러일으킬 수도 있어 조심스러운 부분이기도
했다.

2012년 10월 가을 휴일 날, 불편한 감정에 마주보기 미워서 가슴
속 응어리가 똬리를 튼 채 울먹거리고 있었다. 마치 폭풍전야 어둠
속 같은 분위기였다.

자식은 내 맘대로 되지 않는다는 옛 어른들 말씀에 공감하며 홀로
안방에서 꺼이꺼이 숨넘어가랴 울어도 봤다.

아이들 넷 모두 개성 강하고 재능이 많은데 그들의 세계는 다양하
고 광범위해서, 엄마라는 이름으로 들어앉을 공간이 없었다. 이제
아이들이 결혼적령기가 되면 모두 독립시키고 나는 혼자 남겠구나.
아이들이 있어 그동안 내 삶이 얼마나 희망이고 그리움이고 기다림
이었는데…… 점점 자식들은 내 곁에서 멀리 떠나버리는 독립체가
되어가고 있었다. 가족이란 울타리의 해체가 또 다른 이기심의 세상
을 창조하고 있었다.

울 아들 언제 올까? 아들 데리고 술 한 잔 하고 싶은데…… 언제
쯤이면 아들들 딸들 데리고 호탕하게 맛난 음식해서 술 한 잔 나누며
긴 설움들 툭툭 털어내 볼까. 요즘 그나마 작은 놈 데리고 술 한 잔
하는 재미도 괜찮았는데…… 알바 하느라 바쁜 녀석, 시간을 내어 주
지 않는다.

무언가 불편한 모녀 사이에 무언의 침묵이 무겁게 흘렀다.

막내가 대입원서를 놓고 저렇게까지 고집 세게 나올 줄은 몰랐다.
작은아들 고3때와는 완전 다른 환경이다. 급 우울 상태에 빠져들면
서 말로 형용할 수 없는 괴리감에 빠져들었다.

                    - 쓰리공 : 공감, 공생, 공유

큰딸은 회계사 시험공부 하느라 바쁘고 작은 아들은 생계에 보탠다고 열심히 알바 하는데, 함께 고뇌를 털어놓기엔 미안한 마음이 컸다. 게다가 아이들도 '엄마'라는 이름으로 함께할 마음들이 없을 것이다. 엄마라는 이름의 삶에도 다양성의 한계가 있나 보다.

살다보면 나에게 정신적·육체적 고통을 가해를 주는 사람을 때론 용서할 수 없고 아주 많이 미울 때도 있을 것이다. 특히 이혼 후 자녀들을 양육하는 엄마들 입장에서는 경제적 문제와 더불어 사회 편견 앞에 맞서 싸우다 보니 그 심한 고통은 이루 말할 수 없는 실정이다. 그래서 헤어져 남이 되었어도 전 배우자에 대한 원망과 회한이 남는 것 같다. 그러나 그것이 아무 소용없음을 살면서 터득하게 된다.

이후 막내는 본인이 원하는 영상제작학과를 들어갔다. 막내는 완전 날개를 단 분위기다. 우선은 1학기 때 우수한 성적으로 전액장학금을 거머쥐었고 하는 일들을 즐거워하고 작품을 솔솔 만들어내기 시작한다.

그것을 바라보는 엄마입장에서의 행복감이란! 이렇게 즐겁고 기쁘고 대견할 수가 없다. 요즘은 점점 성숙해져가는 막내를 바라보며 스스로의 선택이 옳았음을 깨닫게 된다.

23

툭툭 털고
사는 법

아주 오래전 일이다.

부동산업으로 돈 좀 벌었을 때, 사람들은 내게 다가오기 시작했다. 돈이란 물체는 흡입력 있는 블랙홀처럼 사람들을 내 곁으로 모여들게 하는 원동력이 되었다.

그 당시만 해도 학력 면에서 사회적으로 많이 뒤쳐진 형국이었던 나는 돈으로 해결할 수 있는 일들을 찾으려 노력했고 야심찬 마음의 덫에 걸리게 되었다.

많은 돈이 사라지는데는 오랜 시간이 걸리지 않았다. 물거품 같은 기간이 주어졌을 뿐이다.

나는 무언가 사라지고 나서 형용할 수 없는 허탈과 공허를 느꼈다.

그러나 나이 들며 훗날 깨닫게 되었다. 세상엔 버릴 사람이 없다는 것을…….

어려운 난관을 헤쳐 나가다 보니, 결국 내 삶의 시간들이 성숙해지더라는 것이다.

– 쓰리공 : 공감, 공생, 공유

그 당시는 우리나라가 외환위기를 겪을 때였고, 많은 사람들은 부동산을 내놓기 시작할 때였다. 나는 부동산을 헐값으로 사들이기 시작했다. 부를 창출하는데 많은 시간이 필요치 않았다. 그러나 잃는 데는 더 빠른 시간으로 소비를 하버리더라. 결국 모든 것을 잃고 거리를 헤매일 때 한 가지 얻은 것이 있다. 삶에 대한 소중한 교훈이었다. 노력하지 않고 벌어들인 재물은 쉽게 사라져 버리고 마는 것에 대한……

이후에 지키지 못한 재물에 대한 집념을 오로지 공부에 쏟아 부었고, 결국 공부하는 길로 올인하며 그렇게 10년 세월이 넘어갔다. 다시 학교를 다니고 공부를 시작함으로써 인생관과 가치관에 큰 변화가 찾아왔다.

나는 깨달았다. 처음엔 학력의 콤플렉스와 명예욕에 휩싸여 오르막길만 바라보았는데, 점점 세상살이를 할수록 내려다보는 내리막의 혜안도 생기더라는 것이다.

오르는 길목마다 만나 뵌 분들은 한결같이 고생했던 아픔들을 지니고 있었는데 이는 나만이 겪은 아픔이 아니라 우리 세대가 공감하며 겪는 문제라는 것을 알게 되었다. 이로 인해 나는 낮은 자세로 임하는 법을 깨닫게 된 것이다.

돌이켜보니 한 사람도 버릴 사람이 없었다.

나에게 아픔을 전달한 사람도 나를 성숙시키는데 매개체 역할을 한 셈이고, 나를 칭찬하고 격려해 주시는 분들은 나름 나에게 용기와 도전의 에너지를 주셨다.

아이들의 아빠도 그들이 존재했기에 지금 나의 아이들이 존재하는 것이고, 하나하나 소중한 아이들로 잘 성장하고 있다. 이 사회에 보물 같은 아이들로 자라나 그들 나름대로 무언가의 몫을 하리라 믿어 의심치 않는다.

지금 나를 가장 힘들게 하는 사람이 있다면 다시 한 번 되돌아보자. 그는 나를 더욱더 성숙하게 만드는 요인이 아닐지……. 사람이 아픔을 체험해 보지 않고서는 아픔을 이해하기는 어려운 법이니 말이다.

흔히들 말한다.

"이 또한 지나가리라!"

　　　　　　　　　　　　　　　　　　　　　　　－ 쓰리공 : 공감, 공생, 공유

막내의
대학 면접일

2013년 2월.

전날 전남 광주로 출장을 다녀오느라 막차를 타고 용산역에 도착하니 밤 12시 26분!

택시를 타고 허겁지겁 여의도 환승센터에 오니 인천행 마지막 버스가 기다리고 있었다.

집에 도착할 무렵 새벽에 도착하는 엄마를 배웅 나와준 아들의 팔짱을 끼고 집에 들어서는데, 문득! 아들이 든든하다는 생각에 흐뭇해서 바라보았다.

내년 학기 호주에 어학연수를 다녀오고 싶다며 슬쩍 엄마의 눈치를 살피는 아들이었다. 돈은 스스로 알바해서 다녀오겠다고 한다.

대답을 피했다. 일단 "좀 더 고민해 보자!"고 말은 했지만 확답을 하기가 어려웠다.

새벽 2시에 잠들었는데, 6시에 막내가 깨운다.

대학교 입시 면접을 보러 가는데 지방대에 혼자 가기 뭐하니 동행하자는 것이다.

아들과는 다른 행보를 보인다. 아들은 알아서 원서 내고 알아서 공부해서 서울대도 척척 들어갔는데, 어찌 같은 뱃속에서 태어난 자식임에도 이렇게 양극화 현상인지…… 사회가 양극화 벌어지는 것도 어쩌면 당연할 수도 있겠다는 생각이 든다.

아이 목소리에 놀라 정신이 퍼뜩 든다.

머리감고준비하고나선길집에서나와 대학교 셔틀버스까지가는데 전철을 타야하는데 마음이 급해 택시를 타려고 길거리에 서있으니 택시가 잡히질 않는다. 그런데 반갑게도 택시가 온다. 서울택시였다. 그런데 서울 가는 승객이 아니라며 승차거부를 하는 것이었다.

꼴랑 두 정거장이니 태워달라고 통사정을 해도 계속 거부하기에, 대학입시 면접 보러가는데 시간이 좀 늦어 그런다고 사정을 해도 계속해서 거부를 했다. 그러다가 험한 단어들이 오고갔는데, 우리 딸은 창피한지 얼굴을 가렸다.

할 수 없이 냅다 뛰어 시내버스를 잡아 타고 내려, 다시 셔틀버스를 탔다. 면접 때문인지 금방 버스가 만원이 되었다.

갑자기 막내가 물어온다.

"엄마는 그렇게 싸우고 나면 속이 시원해요?"

순간 부끄럽고 미안해졌다. 자식이 지각해서 면접 못 볼까 봐 어미 마음에 통사정을 하는데, 자기 지역이 아니라고 택시가 잘 안잡히는 곳에서 얄밉게 승차거부하며 말장난하는 택시아저씨. 그런데 그 모습에 딸아이에게 민망함을 남겼으니!

버스를 타기 전 창피한지 막내가 나랑 떨어져 있었다가 버스를 타

　　　　　　　　　　　　　　　　　　　　　－ 쓰리공 : 공감, 공생, 공유

더니 나에게 쭈욱 내민 입술을 갖다 댄다. 자신도 미안했나 보다. 그리고는 민망하다는 듯 눈을 감고 음악을 들었다.

버스 안은 침묵이 흐른다. 아침의 기분 상한 마음에 택시 아저씨도, 나도, 서로 불편할 터!

정신없이 뛰던 우리들 앞에 '짠-' 하고 나타나 태워주지도 않고 말장난만 하고 가버린 그 아저씨~ 좀 태워주시지!

오늘은 막둥이랑 지원하는 대학에 가면서 손 좀 잡고 분위기 좀 잡으려 했더니, 막둥이 표정이 어둡다. 긴장도 됐을 것이고 엄마 화난 모습도 본데다가 아침에 그렇게 한바탕 뛰었으니…… 기운도 빠졌을 것이다.

"택시아저씨도 마음 터시고 안전운행 하시고, 막둥이도 편안한 마음으로 면접 잘 보고! 엄마는 성질 좀 죽일, 미안해!"

했더니 막내가 내 어깨에 머리를 기댄다.

예쁜 살 내음이다. 자식 새끼의 체온이 참 좋구나_ 예쁜 딸!

아침에 택시아저씨와 큰 소리 쳐서 미안해. 반성하고 있어!

막내의 면접 대기 시간동안 극동대 사회복지 대학원장님 방에서 이혼과 자살률에 대한 학회의 지원과 관한 이야기를 나누었다.

극동대 사회복지위탁연구원인 나는 원장교수님과 이혼과 가정·자살률에 대한 논의를 수년 전부터 해왔었다. 교수님께서는 내게 글로벌 사회복지연구 2013년 하반기 학회지에 논문을 제출해 달라고 부탁을 하셨다.

대화를 나눈 후 이동하는데 막둥이에게서 연락이 왔다. 수시 면접이 끝났는데, 질문이 당황스러웠다는 것이다. 그런데 다행스럽게도 본인이 좋아하는 정치사회라서 또렷하게 답변했다는 것이다.

첫째 독도에 대하여 구술하라는 교양면접에서는 "독도가 대한민국의 영토라는 것에 대하여 이명박 대통령도 다녀가셨지만 더 많은 분들의 노력과 참여가 이뤄져야 하며, 특히 국민 이주 지원책을 통하여 이주민 증가로 일본보다 더 높은 국민들 관광지로 활용하여 대한민국 영토임을 보여줘야 합니다."라고 답했단다.

그 다음 "지원한 영상제작학과에 대한 지원동기와 UCC란 무엇인가?"라는 질문에 딸아이는 다음과 같이 대답했다고 한다.

"뮤지컬 '광화문연가'를 총 5회 관람하였는데 처음엔 뮤지컬 내용이, 그 다음엔 내용 속의 표현을 계속보다 보니 연출자들의 횟수마다 다른 연기와 무대연출이 눈에 보이게 되었습니다. 그것이 계기가 되어 고등학교 1학년 때부터 UCC 동아리반 부장을 하면서 고 2때는 전국 고등학교 UCC 부분 최우수상을 받는 등 전교대회에서도 많은 상을 받았습니다. 작품 제작을 통하여 스스로 노력하는 제작자가 되고 싶습니다. UCC는 자기 자신의 생각과 모든 것을 영상으로 담아 표현하는 것입니다. 작품 제작을 통하여 스스로 노력하는 제작자가 되고 싶습니다."

그리고 예절 인사법으로 인사를 했더니, 어디서 훈련을 받았느냐고 물으시더란다. 고등학교 담임선생님과 밤늦도록 훈련 받은 게 효과를 크게 본 듯하다.

기분 좋게 면접을 마친 막내의 기쁜 얼굴에 활짝 웃음꽃이 피었다.

25

황수관 박사와
어머니

2012년 9월 6일 사회통합위원호 소통아카데미에서 황수관 박사님의 특강을 듣게 되었다.

1945년 해방둥이의 연세이기 때문일까? 50대의 우리 세대와 비슷하면서도 동떨어진 내용의 강의를 들으며 처음엔 의아했다. 기운이 없어 보이셔서 서서 말씀하시는 동안 내가 앉아서 듣는 입장이 민망할 정도였으니…… 처음 느낌은 연세 드신 분이라 분위가 낮고 어둡다는 생각이 들었다.

첫 강의의 주제는 '만남'이었다. 부모와 자녀, 부부와의 만남에 대해서 말이다.

우리 삶 중 가족들이 지니고 있는 가치관 우선순위에 대한 설문조사 결과가 흥미롭다. 남성들의 설문조사 결과, 건강, 재물, 명예, 자식, 부인, 취미, 친구 등의 순위로 나타났고, 여성들의 설문조사 결과, 재물, 강아지(키우는 애완동물), 자식, 친구, 명예, 남편 순이었단다.

현대인들은 아끼고 사랑하는 강아지만도 못한 존재가 아닌지에 대한 언급에서 문득 시린 가슴 속의 회한이 밀고 올라섰다.

요즘은 키우는 강아지나 고양이가 세상 사람들에겐 고급스런 애완동물로 회자되고 있다. 개나 고양이 사진과 글들이 올라올 때마다 국내외 사람들은 환호를 했다.

그 쓸쓸한 느낌을 강의 시간에 듣는 기분이었다. 마치 개나 고양이만도 못한 사람이 되어 듣는 기분. 남편들 역시 그런 기분일 게다. 개만도 못한 현대 사회에서의 남편의 입장, 가정 내에서의 좁은 입지…….

현대인들은 가족 중심보다는 개인주의가 팽배해지면서 독립된 공간에서 생활하다 보니, 젊은 층의 보물1호는 부모나 가족이 아닌, 스마트 폰이나 각종 첨단 기기들의 목록으로 그 우선순위가 바뀌어져 있었다. 젊은 대학생들을 대상으로 한 설문조사에서 친할아버지, 친할머니는 가족이 아닌 친척으로 바뀌어 있었다. 오히려 모계 사회의 급증으로, 이모나 외가 식구들은 가족구성원에 포함되더라는 것이다.

황수관 박사의 두 번째 이야기는 일본에 유학 왔던 중국인 청년의 일화였다. 화장실 청소를 가장 안하고 냄새나는 민족이 중국인인데 어느 날부터인가 중국 화장실에 냄새가 나지 않고 오히려 깨끗해지더라는 것이다.

학교 선생님이 새벽까지 순찰하며 청소하는 사람을 찾아내 누구냐고 물으니, 그는 "저는 장개석입니다."라고 자신을 소개하였다. 그는 다름 아닌 중국의 역사 속 인물, 장개석이었다는 일화이다.

많은 지도자나 선구자 중 링컨 대통령과 이태석 신부님 이야기는 특히나 감명 깊었다. 그 와중에도 가장 가슴에 와 닿아 눈물을 흘렸던 부분은 황수관 박사의 어머니 이야기였다. 그는 어머니 이야기를 하면서 미국으로 입양된 어느 청년의 실화에 대해 이야기하였다.

입양된 청년이 나이가 들어 양부모께 친부모에 대하여 미움과 원망을 갖고 있다는 표현을 했다고 한다. 그때 그의 양부모님이 가난과 굶주림으로 평생을 보낸 친어머니가 돌아가셨다는 이야기를 상세히 들려주었고, 이 이야기를 들은 그 청년은 한국으로 어머니 무덤을 찾아 절을 하며 "엄마, 엄마-" 하고 울며 그리워했다는 이야기다.

요즘 입양문화 역시 공개입양에 이어 개방입양문화가 확산중이다.

개방입양은 아이를 주체로 하여 친부모와 양부모간 교류를 허용하고 아이가 성장하는 과정 속에서 아이 스스로의 선택권을 인정해 주는 것을 뜻한다.

많은 가정이 아이를 입양하여 아름다운 가정을 만들고 있고, 입양된 아기의 동영상이나 사진들로 아이에게 추억을 만들어주고 있다. 입양에 관한 글은 따로 적기로 하고 중략하겠다.

황수관 박사의 강의 중 마지막 이야기는 강의 내내 쏟아지는 눈물을 감당하기 힘들게 했다. 세상 밖에서 당당하게 활동하다가도 막상 네 아이 중 한 아이도 제대로 기르지 못한 죄인의 어미 심정이 되어 가슴 졸이는 그 마음에 눈물이 솟은 것이다.

자식의 이야기만 나오면 움츠려 들고 죄인처럼 사는 내 심정에 눈물이 서럽게 올라온다. 부모 자식 관계를 이해와 화해와 용서의 시각이 아닌, 모함과 암투의 시선으로 갈라놓고 떼어놓는 세상의 편견 앞에 다시 한 번 오열하게 한다.

황수관 박사님의 강의 시간 내내 등장하는 어머니 이야기.

'어머니'라는 이름 아래 다양한 생각들이 머릿속을 스쳐지나간다. 나에게 존재하는 두 어머니와 아이들 눈에 비춰질 어머니라는 나의 이름.

눈시울이 붉어져 강의가 끝날 무렵, 박사님께서 내게 눈인사를 하셨다. 강의가 끝난 후 처음 같이 사진을 찍는데, 박사님께서 포근히 어깨를 감싸 안아주셨다. 마치 아버지처럼!

삶의 긴 터널, 모든 이들의 아픈 인연은 언제 가슴속 편할 날이 오려는지!

그날 강의를 마친 후 일행들과 분식집으로 향했다.

분식집에서 내 목소리는 더욱 커지고 있었다. 모임의 주체성에 대하여 현사회적 분위기에 대하여 말이다.

그런데 사람들을 몰랐을 것이다. 그렇게 해야만 내 마음속이 고독하지 않다는 것을…… . 자식 생각에 파묻혀 자신의 감성을 곧잘 사지(死地)로 몰고 가는 비워지지 않는 아둔함에 대하여! 방어하기 위하여 사람들 속에서 다른 화제로 대화하고 망각을 위한 최대한의 자기 방어를 하고 있음을.

처음엔 박사님 강의가 시대적으로 노년층에 가까운 이야기로 서두를 시작하였으나, 결국은 뇌 속에 잔재하고 눈물을 짓게 만들어 감성이 열리게 되었다. 그분은 이 시대의 명강사였고, 마음의 열쇠를 쥐고 사람들을 동화시키는데 큰 일조를 하셨다.

세상살이 세련되지 않은 듯 구수한 경상도 사투리에 익살스런 표정까지!

황수관 박사님께 감동과 찬사의 박수를 보내드렸는데, 2012년 12월 30일 향년 67세의 나이로 세상을 떠나셨다. 가끔 황수관 박사님의 강의 내용에 공감하며 고개를 끄덕일 때가 있다.

황수관 박사님, 부디 천국에서 편안히 축복되게 영면 하소서…….

에그, 내 팔자야!

26

지금 새벽 1시를 달려가는 시간!

아르바이트를 마치고 돌아온 아들과 조신하게 앉아 텔레비전을 보던 딸과 냉기류가 흐르던 가운데, 전선 고압선에 스파이크 튀듯 남매 간 격렬한 전투가 벌어졌다.

자칭 S대생 아들 왈! "텔레비전 그만 보고, 공부해!"로 시작된 장마 전선 폭우 같은 잔소리가 이어졌는데, 원인은 내게 있었다.

엄마가 늦은 시각 욕실 청소를 하는 걸 보더니, 뺀질거리고 놀고 있는 막내를 보고 화가 났는지 아들 녀석이 화를 내며 내게 막내를 시키라는 것이다.

차라리 애들 없을 때 청소할 걸!

나는 막둥이를 일하는 아이로 만들고 싶지 않았다.

언젠가 큰딸이 이런 말을 했었다.

"엄마, 나는 하도 일을 많이 하고 자라서 일하고 싶지가 않아."

그말에 가슴이 미어지는 줄 알았다.

- 쓰리공 : 공감, 공생, 공유

큰딸은 다 자라서 엄마와의 소통을 통해 마음을 표현하기 어렵지만, 그때 깨달았다. 애들에게 가사 일을 분담시키면 안 되겠다 싶은 생각이 든 것이다.

어릴 때부터 나 역시 일찍 가사 일을 익히고 자랐는데, 그것은 내가 성장하고 어른이 되어도 어딜 가면 받아먹는 밥상이 아니라 내가 음식을 직접하는 밥상이 되어 늘 밥을 하는 입장이 되어 있었다.

그때부터 딸아이들에게 일을 시키지 않으려고 했던 것인데, 아들 입장에서는 그게 아니었나 보다. 작은 아들은 완전 가부장적이다. 여성, 남성의 입장을 명확하게 구분하는데, 나는 분명 가르친 적 없는데도 가부장적이다.

본인은 아르바이트를 해서 가계에 도움을 주는 입장이고 스스로 공부해서 서울대를 갔으니, 집안일은 당연히 공부도 못하고 돈도 못 버는 막내에게 집중시키라는 의도다.

아무튼 사단은 일어났고, 막둥이의 미간은 이미 찌푸릴 만큼 찌푸려져 있었다.

엄마가 욕실 청소하는 모습에 빈둥거리고 공부를 안한다는 이유로 화살촉은 막내에게로 날아갔고, 집안은 완전 공포의 분위기가 되어 버렸다!

아들 녀석! 공부 안하는 제 동생 잡으려고 한껏 으름장인데, 쫑알거리며 구시렁 말대꾸하는 막내 입술이 귀엽다고 느끼며 나도 모르게 피식 웃음 나온 건 또 뭐람. 쫑알거리는 막내의 입술이 너무나도 귀엽게만 느껴졌다.

큰딸하고는 어릴 때 빼고는 이후 다 큰 탓에 어색해서 뽀뽀를 못했었다. 늘 그게 마음 걸리고 미안했다. 어릴 때 낳은 딸이라 그런지 나도 의지하려고만 했지 의지처가 되어 주지 못한 생각에 '결혼하면 챙기고 잘해줘야지!' 하는 생각이 든다.

큰 아들은 나이 먹어 엄마를 만났는데도 어릴 때처럼 스스럼없이 입술을 갖다 댄다. 어릴 때 이름 부르며 뽀뽀하자고 하면 달려와 입술을 대던 큰 녀석. 정이 많았던 아이였고, 지금도 마음 여리고 순수한 점을 보면 나하고 감성이 많이 닮아 있다. 손깍지 끼고 걸으며 어깨를 안아주던 큰아들. 어느새 훌쩍 자라 성인이 되었고, 아들의 세상은 넓고 광대하다.

작은 아들도 가끔 입술 뽀뽀를 하는데, 자신도 어색한가보다. 쑥스러워 한다. 그리고 민망해 한다. 나름 작은 아들대로의 아픈 기억 때문일 것이다. 새엄마와 살았던 1년 반 이라는 시간이 그 아이의 깊은 내면에 상처로 깊숙이 박혀 있다.

그 녀석에겐 엄마가 하늘이다. 그러나 그 아이가 결혼하여 부인과 자녀라는 새 가족이 생긴다면, 자신이 하늘이 되어 천하를 다스릴 줄 아는 지혜를 지녔으면 좋겠다.

막둥이는 늘 입술 뽀뽀를 한다. 그리고 늘 아기 같고 맑아서 좋다. 가끔 냉정할 때 보면, 낯선 아이를 보는 듯한 느낌도 들기는 하지만 말이다.

옛 어른들의 하신말씀이 옳은 것 같다. 자식 사랑은 내리사랑이란 걸…….

아무튼 막둥이 편을 들어주는 바람에 아들에게 나도 엄청 혼났다.

"엄마가 동생 버릇을 가사분담도 하지 않게 길들여 놨어요!"

 – 쓰리공 : 공감, 공생, 공유

틀린 말은 아닌데, 딸의 눈치도 봐야 하고…….

어쨌든, 아들 눈치를 슬금 보다가 안방으로 피신한 우리 모녀!

분에 차서 씩씩대며 쫓아 들어와 동생을 다그치는 모습에 불화로 인한 두통이 욱신거렸다. 엄마가 머리 아프다며 인상 쓰며 약 먹는 모습에 기가 약간 눌린 아들은 목소리를 낮추곤 컴퓨터 앞에 앉더니 인터넷을 하기 시작한다.

에구, 이제 조용한 분위기다.

에효, 저 녀석 장가가면 마누라 시집살이 엄청 시키겠지 싶다. 우리 며느리 누가 될지, 남편시집살이부터 겪을 듯하다. 하하 가르치지 않아도 가부장적인 성격을 보면 내 자식은 맞구나 싶다. 나 역시 상당히 보수적이기 때문이다.

휴! 이제 잠잠해진 걸 보니, 휴전인가 보다. 잠자러 제 방으로 가는 막내를 살짝 불러 입술에 뽀뽀해주고 보냈다.

이제 자랐다고 머리 큰 자식 앞에서 쩔쩔 매는 내 모습! 에고, 내 팔자야! 앞으로 20년 뒤엔 애들 어려워 어찌 살꼬?

노인복지론 글을 쓰려고 죽음학개론 책을 펴고 보려니, 감기약 기운에 눈꺼풀이 자꾸 내려앉는다.

아참! 비밀이 있는데, 아들 앞에서 머리 아프다고 먹은 약은 사실 감기약이었다, 하하하!

자신이 소리쳐서 엄마가 아픈 줄로만 알고 아마도 아들은 속았을 것이다.

잠 자러 간다고 간 막둥이 주민등록증 발급 받았다고 가져와 자랑하며 신이 나 있다. 자신도 주민등록증이 생겼다며 들떠 있는 모습에서 조금 전 폭풍 전야의 모습은 사라지고 없다. 막둥이가 이제는 자려나 보다. 씻고 제 방에 들어가는 소리!

나도 푹 자야지! 얘들아. 새벽 2시네.

이 밤도 안녕 – 사랑한다!

– 쓰리공 : 공감, 공생, 공유

꽃보다 할매,
강순덕 여사

　강순덕 여사(81)는 작은 체구에 다부진 할머니이며 한국의 어머니시다. 슬하에 4남 2녀를 두셨는데, 50대에 일찍 홀로 되신 후 자녀들과 더불어 살아오셨다.

　강순덕 여사의 자녀들은 어려운 환경을 이겨내고 큰 거목들로 성장했는데, 그 밑바닥엔 어머니 강순덕 여사의 힘이 강하게 자리하고 있다.

　충북 음성군 감곡면 오향리, 일명 '살구나무쟁이'라는 시골동네에서 6남매를 낳아 기르신 어머니는, 배움도 짧고 부자도 아닌 가난하고 평범한 시골 아낙네에 불과했다. 그렇지만 늘 웃음만큼은 잃지 않으셨다. 어머니가 가진 유일한 재산 웃음, 온화한 그 웃음으로 자녀들을 훈육하며 긍정을 물려주셨다.

　두 아들(이생노 62세, 이덕노 58세)은 맞춤 양복으로 세계를 감동시킨 디자이너들인데, 가난한 시골에서 맨몸으로 상경해 동두천 미 8군 7사단에서 신문배달을 해가며 익힌 영어와 구박을 받아가며 힘들게 배운 양복기술이 이들 형제가 가진 전부였다.

이렇듯 보잘 것 없는 밑천으로 시작한 형제가 세계적으로 이름을 날리는 성공 반열에 오르게 만든 원동력은 두말할 것도 없이 어머니의 영향력이라고 형제는 고백했다.

1977년 두 형제가 이태원에서 양복점을 시작할 당시, 그들은 동생들을 챙기고 어머니를 모시며 어렵게 살았었다.

그러다가 어느 정도 숨통이 트일 무렵, 형 이생노가 유학을 선언했다. 형은 패션에 몸담기 전 호텔에서 근무했었는데, 그는 언제나 배움에 목말라 있었다. 호텔경영학에 대해 깊이 있는 공부를 더 하고 싶었던 것이다. 그래서 그는 가족들을 한국에 남기고 맨주먹으로 홀로 유학길에 올랐다.

그 당시 외국으로 유학을 간다는 것은 말처럼 쉬운 일이 아니었다. 하지만 형 이생노는 확고했고 자신만만했다.

결국 그는 미국 코넬대에서 호텔경영학 석사과정을 마치고 돌아와 현재 대학에서 겸임교수이자 디자이너로 활약하고 있다.

형 이생노가 유학길에 올랐을 당시 동생 이덕노는 홀로 양복점을 운영해야 했다.

"현재 36년 동안 같은 자리에서 양복점을 운영하고 있어요. 예전 처음 운영했을 당시 손님의 대부분은 외국인이었죠. 그들의 체형에 맞게 맞춤옷을 시작했어요. 그렇게 해서 유명세를 타기 시작했죠. 형이 유학을 떠나기 5~6년 전 함께 많은 노력을 했어요. 남들과 다른 패턴과 서비스 등을 연구했죠. 전 세계적으로 유명한 어느 명품보다 가치 있는 진정한 명품을 만들기 위해 땀을 흘렸어요."

　　　　　　　　　　　　　　　　　　　　　　－ 쓰리공 : 공감, 공생, 공유

이생노, 이덕노 형제는 고객이 먼저 찾고, 입고 싶어 하는 옷을 만들었다. 특히 그들은 수작업으로 진행되는 맞춤옷을 3시간 내에 만들어내는 신화를 일궈냈다. 품질과 스피드로 승부수를 띄운 결과, 국내외 VIP 인사들을 비롯해 유명인들이 찾아오는 매장으로 유명해졌다.

'맞춤옷으로 세계와 통(通)하다!'

국내 중견 언론사가 이들 형제를 취재한 기사에 붙여준 헤드라인 제목이다.

"옷을 입는 사람들의 옷 문화를 알아야 해요. 브랜드만 추구하는 그런 의식들을 떨치고 진정한 옷을 입으려면 문화를 입어야 해요."

이들 형제는 문화로 옷을 만들며, 옷으로 문화를 소통하는 이 시대 처음이자 마지막 컬처 테일러!(Culture Tailor)

셋째아들 이정노(53세) 씨는 하얏트호텔에서 과장으로 근무 중인데, 효심이 지극하여 어머니를 극진이 모시며 함께 생활하고 있다.

막내딸 이옥련(50세) 씨는 인천 계양구에서 하야로비라는 참숯구이 오리집을 운영하는데, 넓은 텃밭에 각종 야채를 심어 놓고 어머니가 자주 들르셔서 농작물을 재배하시고 수확하는 기쁨을 누릴 수 있도록 돕고 있다.

강순덕 여사의 가족모임에 필자가 몇 번 초대받아 가 본적이 있는데, 웃음과 화기애애한 가족애가 철철 넘치고 있었다.

5월! 가정의 달과 어버이날을 맞아 자녀들을 훌륭하게 성장시키고 여유로운 노년을 누리고 계시는 강순덕 여사님을 부러움으로 바라보며, 아주 오래전에 작고하신 필자의 부모님을 떠올려 본다. 생존해 계실 때 더 잘 해드릴 걸 하는 아쉬움이 나이가 들수록 더해만 간다.

여든이란 연세에도 소녀처럼 밝은 미소를 잃지 않으신 강순덕 여사님!

긍정적 생각이 결국 자녀들의 행복을 만들어준 원천이 아닐까?

이태원에 가면 선양복점 이생노, 힐튼양복점 이덕노, 하얏트 호텔의 이정노 형제가 어머니로부터 배운 환한 미소를 얼굴 가득 머금은 채, 오늘도 외국 손님들을 맞이한다.

　　　　　　　　　　　　　　　　－ 쓰리공 : 공감, 공생, 공유

28

세계 자살예방의
날의 칼럼

하루 평균 42명이 스스로 생을 가감하는 대한민국은 OECD 국가 1위의 불명예스러운 자살률을 나타내고 있다.

필자의 특강 주제 '툭툭 털고 삽시다'에서 어필하듯, 나도 자살시도 경험이 있었다.

누구나 힘들고 이겨내기 힘든 일이 생길 때면 생을 포기하려는 의미에서 자살을 생각하게 된다.

자살의 원인과 이유는 반드시 있다. 정상적인 생각을 하고 건강한 마음가짐을 지녔을 때에는 자살은 절대 해서는 안 된다는 것에 대해 공감한다.

그러나 우울증이라는 질병이 찾아오고 사회적 괴리감과 자신의 판단력이 혼란을 겪게 될 때엔 자살을 심각하게 고려해 보게 된다.

이때 가족이나 지인이 이러한 변화를 눈치 채고 지혜롭게 대처하고 이해해 주다면, 이는 그들에게 큰 도움이 된다. 만일 이상하다고 방치하고 편견을 갖게 되면, 힘든 갈등을 겪는 당사자는 생을 스스로 포기하게 된다.

더욱 무서운 것은 홀로 표현하지 않고 내면에 쌓아두고 있는 사람들의 반응이다. 분노와 삶에 지친 용광로처럼 뜨거운 분노의 불길이 타인을 향하게 되면, 묻지마 폭행과 묻지마 살인이 되, 자신에게 향하면 자살기도와 자살 실행이 되는 것이다.

오늘 하루 주변을 돌아보는 너그러움의 시간을 지녀보자.

너무 힘들 땐 전문가의 도움을 받는 것도 삶의 지혜이다.

힘들다고 요청하는 사람에게 자신의 지식을 전달하기보다는, 귀 기울여 그의 이야기를 들어주자. 그저 들어주는 것 하나만으로 답답해하는 한 사람의 목숨을 건질 수 있다. 누군가에게 마음을 열고 자신을 드러내는 용기를 경청해주는 자세로 다독여주는 것이 진정한 멘토가 되는 것이다.

알량한 지식으로 충고와 함께 '멋진 하루 되라' '힘내라' '긍정적 생각으로 살라' 등의 말은 건네는 것은 죽고 싶은 생각에 갇힌 이들에게 큰 도움이 되지 않는다.

그들의 힘겨움을 잠시라도 들어주면 감정을 토해서 실컷 울어 가슴 속에 쌓였던 갈등, 회한, 분노가 눈물로 승화되어 진정제가 된다. 실컷 울고 났을 때, 그때 다독여주자.

"당신의 힘든 점을 내게 믿고 말해주니 너무 감사하다."

이제 힘들 땐 내게 의논하고 자주 만나 대화 나누자."

이러한 행동과 말 한마디로 그들은 자살을 선택하지 않는다.

그런데 남의 힘든 이야기에 귀 기울이지 않고 자신들만 기쁘다고 즐거운 글과 맛난 음식과 행복함에 젖는 모습들을 보이는 것은 절망

　　　　　　　　　　　　　　－ 쓰리공 : 공감, 공생, 공유

하는 자를 더욱더 괴리감에 빠지게 만든다. 이 모든 게 어떤 사람에
겐 사회로부터 격리되는 느낌을 받게 하기 때문이다. 오늘 하루만큼
은 힘들고 지쳐 있는 사람을 돌아봐주는 시간을 갖자.

- 툭툭 털고 삽시다

29

3억 6천만 원 있소?

"베이비부머 세대 노후를 위한 최소 자금, 4명중 1명만 준비돼"

"베이비부머 세대들의 발등이 타고 있다!"

어느 언론의 보도에 의하면, 대다수의 베이비부머 세대가 전 재산을 털어도 노후를 준비할 수 없다고 한다.

우리나라 베이비부머 세대들의 평균 노후 생활비로 사용하기 위해서 최소 3억 6천만 원 정도가 필요한 것으로 나타났다. 이는 부부를 기준으로 월 평균 최소 생활비 148만 원을 책정해 은퇴 시점부터 기대수명, 연금소득 등을 추정하여 계산한 것이라고 한다.

좀 더 여유 있는 여가를 즐기기 위해서는 최소 5억 4천만 원이 필요한데, 은퇴 시기에 자녀가 학업 중일 경우에는 학업과 결혼비용까지 합쳐서 자녀 1인당 최소 1억 4천만 원이 추가로 필요하다는 것이다. 가령, 자녀가 2명일 경우 여가를 즐기기 위한 자금까지 합친다면 최소 8억 2천이 필요하다는 계산이다.

그러나 우리나라 베이비부머 세대들 가운데 3억 6천만 원 정도의

- 쓰리공 : 공감, 공생, 공유

자산을 보유한 사람은 약 24.3%에 불과한 실정이다. 더군다나 베이비부머 세대의 65%가 대출에 의존한 상황이기 때문에 문제는 더 크고 심각한 것으로 나타났다.

베이비부머 세대들의 자산과 부채비율을 진단하고 적절한 소비와 노후준비가 필요함을 알리는 기사가 연일 보도되고 있다. 필자 역시 한부모가정의 가장으로서 자녀 양육 및 교육으로 노후준비가 전무한 상황이다. 불과 수년 전만 해도 연금의 필요성을 크게 실감하지 못하였으나, 근래에 들어 연금의 필요성과 노후에 대한 불안감을 떨쳐 버릴 수 없는 상황이다.

우리나라 전체 인구 중 10대와 50대의 정신질환이 급증하고 있다는데 그 원인은 무엇일까?

10대의 정신적 억압은 학업에 대한 불안감과 스트레스일 것이다. 감정 기복도 심한 세대이거니와 학업에 대한 스트레스를 가장 크게 겪는 시기이기도 하다. 10대의 부모들은 자녀들에게 최고의 기대감을 지니게 되고, 자신의 기대치만큼 자녀에게 사교육비와 희망을 몰입하여 투자하게 된다.

따라서 부모의 기대치만큼 자녀들에게 학업을 강요하게 될 것이고, 자녀들에게는 스트레스와 심적 불안감이 높아지는 결과를 초래하는 것이다.

50대 정신질환의 급증은 은퇴를 겪으며 찾아오는 상실감, 미래에 대한 불안감, 신체적 질병의 증가 등에서 올 수 있다. 은퇴 후 사회적 유대감이 현저히 낮아지고 자아 상실감에 휩싸이면서 미래 노후에 대한 불안감이 겹쳐 정신적 괴리감에 빠져들기 쉽다.

필자 역시 현실을 돌아볼 때 자녀들의 교육과 결혼까지 생각해 보면, 60대까지 일을 해도 노후를 전혀 준비할 수 없는 상황이다.

게다가 요즘 결혼이 늦춰지고 있는 실정까지 감안해 보면, 앞으로 더 많은 이들이 자녀 양육과 부양으로 사실상 자신의 노후관리를 할 수 없게 될 것이다.

작년부터 베이비부머 세대의 은퇴가 시작되었다. 은퇴 이후 막연하게 노후를 맞이할 것인가? 아니면, 인생 이모작을 꿈꾸며 새로운 삶을 개척하고 준비할 것인가?

필자는 말하고 싶다.

"은퇴 이후 제2의 인생을 새롭게 이모작 하는 일에 좀 더 적극적으로 나서고 시작해 봅시다. 늦지 않았습니다!"

건강한 정신력을 위하여 다시 뛸 수 있는 환경과 조건을 우리 스스로 만들어 나가면 된다!

국가가, 사회가, 누군가가 기회를 만들어 주기를 기다리지 말고 본인들 스스로가 움직여야만 한다. '노인들은 아무것도 할 수 없어서 모든 것을 해줘야만 하는 무능력한 세대'라는 사회적 인식을 노인들 스스로가 움직이면서 깨야 한다. 본인들 스스로가 먼저 능동적으로 움직이면, 정부와 사회도 인식을 바꾸고 더 다가오면서 후원을 하게 될 테니 말이다.

- 쓰리공 : 공감, 공생, 공유

30

소외계층 및 위기 청소년 체험학습 지원 절실하다

2012년 청소년 시행계획에 대한 '보완사항'으로 다음과 같은 것들이 발표되었다.

- 청소년 체험활동 참여 저변 확대와 소외계층 청소년의 참여 활성화 필요
- 낙도 · 오지 거주 청소년, 장애 청소년, 다문화 청소년의 체험활동 참여 지원 프로그램 제공
- 소외계층 및 위기 청소년 맞춤형 체험 프로그램 운영 등

필자도 위와 같은 발표를 심각하게 생각하고 있으며 사단법인 대한민국가족지킴이에서도 이 문제에 다해 깊은 고민을 하고 있다.

청소년 체험학습에 대한 중요성은 두말할 필요가 없다. 직업체험학습, 자연 및 농산어촌체험학습, 자원봉사활동 등 다양한 체험학습을 통해 살아 있는 학습을 할 수 있다. 또한 가족과 또래들과 함께하며 더불어 살아가는 사회에 대해 배울 수도 있다.

그런데 문제는 이러한 산교육의 산실인 체험학습도 취약계층 청소

년은 체험학습 참여에서 소외될 수 있다는 것이다. 2012년에 시행된 '소년 체험활동의 발달적 가치 및 사회·경제적 가치 연구'에서 '부모 학력별 중학생의 체험활동 참여율'에 대해 조사한 결과, 중학교 졸업은 68.5%, 고등학교 졸업은 74.3%, 4년제 대학교 졸업은 80.2%, 대학원 졸업은 83.3%로 나타났다. 이와 같은 조사 결과가 이러한 우려를 반영한다고 할 수 있다.

2013년 8월 대한민국가족지킴이의 임정훈 이사님의 아이들인 세쌍둥이(믿음, 소망, 사랑)들이 유치원 여름방학을 맞이하게 되었다.

여름방학 하루 전, 유치원에서는 전통적으로 매년 부모와 함께 하는 물놀이 체험학습을 하였다. 아이들은 성인세대가 그랬듯이 어릴 적 소풍을 뜬 눈으로 기다리듯 그 날을 손꼽아 기다렸다. 하지만 그 날은 아이들의 아빠, 엄마가 함께할 수 없는 날이었다. 아이들의 엄마가 항암주사를 맞아야 하는 날이라 부부 모두 참여할 수 없었던 것이다. 그리하여 어쩔 수 없이 체험학습에 불참하겠다는 의사표시를 하였다고 한다. 아이들은 많이 실망하였고, 부모 된 이사님의 마음은 몹시 아팠다고 한다.

이를 안타깝게 여긴 담임선생님은 아이들을 위해 선생님이 직접 세쌍둥이들의 엄마가 되어 함께 물놀이 체험학습을 해주겠다고 약속하였다.

그날 아이들은 선생님 엄마와 함께 특별하고 색다르고 즐거운 체험학습을 하였다. 만약 선생님이 엄마가 되어주지 못했다면 아이들의 가슴에는 지울 수 없는 상처가 남았을 것이다. 체험학습 참여의 소외, 그것도 부모나 가정의 경제적인 이유에 의한 소외는 아이들, 청소년들에게 씻을 수 없는 상처를 가져다준다.

지금 우리나라는 심각한 소득 양극화 문제에 시달리고 있다. 중산층은 줄고 있으며 이혼가족은 증가하고 있다. 이는 곧 위기 청소년이 증가하고 있다는 것이고, 더불어 체험학습에서 소외되는 청소년도 증가되고 있다는 것이기도 하다. 교육 당국을 비롯한 청소년 유관부서의 적극적 지원정책이 있기를 바란다.

사단법인 대한민국가족지킴이에서도 소외계층 및 위기 청소년들의 문화 · 예술체험학습 지원을 비롯한 다양한 체험학습 지원을 위해 노력하고자 한다.

31

아버지 사랑

2013년 7월 28일.

내게도 사랑이 있을 수 있을까?

스무 일곱 해 전 1986년 오늘은 우리 아버지가 세상을 떠나신 날이다. 생후 6개월 된 재준이를 등에 업고 고향으로 가니 아버지는 이미 고인이 되어 주무시듯 누워 계셨다.

67세의 연세였다. 1920년에 태어나셔서 1986년에 떠나신 아버지에 대한 연민과 사랑이 남다르던 나는 많이 울고 많이 아파했다. 세상을 잃은 듯 모든 게 무너져 내리는 심정이었다.

장례 준비가 한참일 때 안방 아랫목에 홀로 누워 계신 아버지의 이불을 걷어내고 입술에 뽀뽀하고 발등에 뽀뽀하고 편안히 가시라며 울음을 삼켜야 했다.

수녀님이신 둘째 언니께서 울지 못하게 했기 때문에 남몰래 숨어울고, 누가 볼세라 울음을 삼켜야 했다. 입관할 때도 못 들어오게 해서 아버지 마지막 가는 모습을 볼 수 없었고, 장지에도 못 오게 해서

– 쓰리공 : 공감, 공생, 공유

집에 남아 장례를 모신 집안 청소를 해야 했다.

모두가 장지로 떠난 텅 빈 집안에서 홀로 남은 나는 아버지께서 덮으시던 이불을 뒤집어쓰고 통곡을 하며 울음을 토했다.

우리 아버지는 내게 있어 유일한 그리움이다.

22년 전 의료사고로 세상을 떠난 아들 우형의 그리움은 잔존하는 기억이 작은데, 아버지의 기억은 늘 새록새록 가득하다.

함께 동행하여 식사하러 간 인천 소래포구에서 아이들이 말했다.

"엄마도 좋은 분 만나서 재혼하셔야죠."

재혼이라니…… 내게도 그런 삶이 있을 수 있을까?

꼭꼭 닫힌 삶의 방식이 다시 열린다고 생각하니 희비가 교차한다. 첫째는 두려움이고, 두 번째는 불편함이며, 셋째 설렘이고, 넷째는 '노후에 친구 같은 사람이 있을까?' 하는 의구심이다.

제법 아이들이 이제 많이 컸다는 생각이 들었다. 대화가 통하고 우리끼리 누리는 이야기에서 행복을 느끼고 있으니 말이다. 어제 저녁 바닷가에서 아이들이 말했다. 엄마와 사는 삶의 시간은 늘 자유로우면서 통제가 있었다고! 아이들에게 아버지의 부재에 대한 불편사항을 물으니, 전혀 불편하지 않았다고 말한다.

아버지라는 존재는 역할에 따라 가치성 여부가 달라지나 보다. 내게 아버지의 존재는 신처럼 위대하고 존귀한 분인데, 아이들에게 아버지는 존재가치가 없으니 말이다. 이혼해서 살아도 자녀들과 소통하는 지혜로운 이 땅의 아버지들이 많았으면 좋겠다. 아버지의 사랑을 느낄 수 없는 우리 애들의 기억 속엔 아빠가 맞이한 새 여자의 눈치만 남아 있으니…… 슬픈 이야기들이다.

참된 교육이란

인터넷 뉴스에서 20대 빈대족이 늘어나면서 존속살해도 늘어난다는 기사를 보고, 무섭게 변화하고 있는 가족문화의 변형을 보게 된다. 게다가 혼외로 태어나는 신생아가 1만 명이라고 하니, 출생신고조차 없는 어린 미혼모들의 출산까지 더하면 어마어마할 것이다. 시간이 흐름에 따라 심각한 사회적 문제들이 속속 드러나고 있다.

그렇다면 이러한 질문을 할 수 있다. 과연 우리 사회가 실행하고 있는 성교육과 가족 가치관 교육이 진정성 있게 진행되고 있는가?

시급한 것은 부모교육과 자녀교육이다. 가족 간 대화 단절이 사회적 재앙을 부르고 있기 때문이다. 교육계 혹은 행정계의 공무원 관직에 계신 분들은 이제 교육자들부터 고착화된 교육이 아니라 현실적으로 와 닿는 가족교육을 다시 한 번 심각하게 고민하고 실행해야 할 때이다. 사단법인과 교육법인 대표로서 심혈을 다해 건강가정복지론을 출간하게 되었다. 총 570여 쪽의 방대한 양이다.

'건강가정기본법, 가족실태 조사 분석, 건강가정 관계론, 건강가정

   － 쓰리공 : 공감, 공생, 공유

문화론, 건강가정 교육론, 건강가족 봉사론, 가족복지론, 이혼예방책, 가족상담론, 건강가정 사례관리, 건강가정 프로그램, 건강가정 상담사례……'

건강한 가정은 부모들로부터 시작되고 실천되어야 자녀들에게도 그대로 답습되어진다.

두 번째 교재인 〈건강가정실천론〉도 준비 중에 있다. '재혼가족, 독거가족, 이혼가족, 노인가족, 분거가족, 위기가족, 청소년실태, 다문화가족, 면역치유법' 등 다양한 원고가 준비되고 있다.

진정성 있는 가족복지교육을 위해 앞장서고, 뿌리 있는 가족복지 전문가를 양성하기 위하여 불철주야 노력하며 뛰고 있는 것은 사회가 심각한 과도기에 국면해 있기 때문이다.

요즘 웰빈족(well貧族) 이라는 단어가 낯설지 않게 언론에서 표현되고 있다. 이는 매우 빈곤한 상황이나 무일푼으로 무작정 친구들에게 빌붙는 빈대족과는 다른 뜻으로, 친구들에게 잘 얻어먹고 각종 사은회나 판촉회 등을 통해 생활에 필요한 물품들을 유용하게 사용하는 이들을 지칭한다. 이처럼 요즘 들어 부모로부터 받은 용돈이나 사회적 범죄를 통하여 얻는 수입으로 편안히 살려는 젊은이들이 늘어나고 있다.

경제활동은 하지 않고 빈둥거리며 생활하는 빈대족이 늘어나면서, 제 몸 하나 편안하게 살겠다고 부모를 살해하는 패륜 범죄가 끊이지 않고 있다. 경찰청에 따르면 부모나 조부모 등 직계존속을 살해한 사건은 지난 2008년 45건에서 2009년 58건, 2010년 66건, 2011년 68건으로 꾸준히 증가하고 있다. 지난해에는 50건으로 다소 줄었지만 최근 다시 증가하는 추세다. 직업 없이 빈둥거리는 20~30대 빈대족이 존속 살해의 위험요인으로 꼽히는 이유는 가족을 살해하면 쉽게 생활비를 마련할 수 있다는 생각 때문이다. 이처럼 자신의 편안한 생활만을 생각하는 빈대족의 위험한 생각이 결국 가족 대상의 범행을 통하여 쉽게 돈을 만져보려고 하는데서 나타나기 시작했다.

2008년부터 5년간 존속살해로 검거된 305명(공범 포함) 중 20~40세는 157명으로 절반을 차지했다. 가장 왕성한 청년기인 경제활동 주체가 돼야 할 연령대가 사실상 존속살해의 주범으로 자리 잡은 것은 이혼율이 가장 높은 50대의 자녀들 세대이기도 하다. 존속살해범 가운데 111명은 경찰에서 "우발적 범행"이라고 진술했다. 가정불화(55명)와 현실불만(19명)도 주요 살해동기였다. 통계상으로 금품 등 이욕에 눈이 먼 존속살해범은 10명뿐이라는 것이다.

가족 갈등의 이유가 자녀가 미래를 보는 시야를 가려놓았는지도 모른다. 그들이 사회를 인식할 수 없는 시각적인 면과 사회·경제적 관계에서 단절된 무직자들이 가족과 오랜 갈등을 누적한 상태였을 것이라고 전문가들은 추정한다. 가정폭력이나 금전적 문제 등을 둘러싼 불화와 갈등이 한 순간 범행으로 비화한다는 것이다. 다수의 범죄유형은 무직이었고, 사채와 빚 독촉에 시달리다 아버지를 살해하고 금품을 훔친 것이었다.

고령사회에서 대한민국의 가정복원은 가능할 것인가?

지금이라도 늦지 않았다. 가능할 수 있다.

참된 교육을 통하여 가정을 복원하고, 건강하고 행복한 가정을 만드는데 부모가 노력해야 하고 자녀가 따라주어야 할 것이다.

　　　　　　　　　　　　　　－ 쓰리공 : 공감, 공생, 공유

33

드라마
〈너의 목소리가 들려〉

드라마 〈너의 목소리가 들려〉의 주인공 이보영과 이종석은 11살 연상녀와 연하남의 애틋한 사랑 이야기를 그려가며, 갈등과 복수의 환경 속에서도 서로 의지하며 신의하는 아름다운 사랑 이야기의 주인공이다.

많은 여성들이 이들의 예쁜 사랑에 환호성을 지르고 동경을 하게 되었다.

가족사의 숨겨진 복수를 등장시키고 갈등을 유발시키는 것은 드라마 작가의 몫이다. 그러나 예쁜 사랑의 흔적 앞에서 모든 시청자들은 감동하고 따라하고 싶어지는 욕구를 지니게 된다.

사랑을 느끼게 되면, 그 사람의 체취나 음성, 말투나 표정, 몸짓 하나하나 모든 게 행복감이라는 느낌으로 충족을 안겨준다.

갓난아기의 냄새는 그야말로 인간이 지닐 수 있는 향기 중 신이 주신 최고의 향기다. 내 자식의 향기가 늘 향기로운 것은 모성을 가진 자라면 당연히 느끼는 감정이다.

사랑하는 마음을 느끼는 이가 있다면, 그의 땀 내음 조차도 향기가 배어 코끝을 벌름대며 체취를 맡게 될 것이다.

사랑의 힘은 액취증 환자의 냄새조차도 못 맡게 될 정도로 후각의 마비가 온다고 한다. 애정이 식으면 고약한 냄새에 결국 헤어지는 경우도 있더라는 것이다.

이렇듯 사랑의 힘은 위대한 것이다.

어떠한 힘든 경우라도 사랑은 긍정의 엄청난 에너지를 방출해 낸다. 역사적 사명감도 다할 수 있는 것은 바로 이러한 사랑의 힘이 그 원천으로 작용하기 때문이다.

어머니의 힘, 아내의 힘, 자식들의 힘, 또는 연인의 힘, 가족들의 힘- 모든 힘의 원천은 사랑으로 시작되며, 사랑의 힘은 엄청난 파워를 지닌다. 그러나 자식의 사랑이 어머니의 사랑을 이길 수 없고, 사랑의 힘은 시간이 지날수록 유동되어 옮겨 다니기 시작한다.

감정의 이동은 결국 사랑의 에너지를 파괴시키기도 하고, 사랑의 에너지가 소진되어 원망과 증오를 배양시키기도 한다.

오늘은 사랑이란 아름다운 틀에 대하여 기술하고자 한다.

드라마 〈너의 목소리가 들려〉의 주인공처럼, 환경적 아픔과 가족의 고통을 겪어내면서도 이루어내는 사랑의 힘처럼, 모두가 설레고 애틋한 부부가 되길. 그리고 사랑을 속삭이는 가정들이 늘어났으면 좋겠다.

수요일은 가정의 날이다.

집에 돌아가서 아내나 남편을 향해 사랑을 속삭이고, 다정한 대화를 나누는 건 어떨까?

　　　　　　　　　　　　　　　　　　- 쓰리공 : 공감, 공생, 공유

소중하다고 느껴지는 이의 목소리 또한 긍정의 에너지가 샘 솟는다. 모두가 사랑하는 이와 함께 사랑의 긍정적인 힘을 얻으며, 기분 좋은 하루를 열어 가시길!

34
소셜 네트워크에 관한 생각

카카오톡이란 앱이 상당한 편리와 별도의 요금 부담이 없어 애용해 왔는데, 한 달 전 과도하게 밀려드는 카카오톡 메시지에 굉장한 스트레스를 겪었다. 나도 쉬고 싶은데 다양한 사연들로 끊임없는 질문과 해답을 요구한다.

일반 문자는 (수신 확인이 문자 수신료는 무료이며 발신요금이 있지요?) 유료다보니 굳이 답장을 하지 않아도 별말이 없던 사람들이, 카카오톡은 무료에다가 읽었는지 확인이 가능하기 때문에 읽었는데도 답변이 없으면 서운하다 한다.

나는 밀려드는 카카오톡 메시지에 그만 아찔하여, 사흘 동안 카카오톡을 끊었다. 그러니 정신적 자유를 얻고 평안이 찾아드는 게 아닌가!

단체문자나 알림방 개설 때 상당히 불편함을 느꼈었던 나다. 하지만 다시 그 세계가 문득 궁금해졌다. 그리고 나는 카카오톡 앱을 다시 설치했다.

카카오톡을 다시 깔자마자 빗발쳐 들어오는 환영 문자들.

무슨 일 있었냐는 반응들이다. 아니면 자신하고 언제 카카오톡 친구를 끊었냐는 항의성 반문도 더러 있었다.

사람들 속에 섞여 사는 재미이기도 하다. 한편 관심을 가져주는 감사한 일들이기도 하다.

잠시 고요한 산사에서 지낸 듯 사흘은 평화로웠지만, 일상으로의 감정 복귀를 위해 나는 다시 SNS 세계로 돌아왔다.

주말은 쉬고 싶은데 끝없는 문자 세례가 가끔 나의 영혼을 힘들게 할 때도 있다. 아직은 내가 그 모든 것들을 맡아들일 만한 거대한 용량이 못 되어 수용할 준비가 부족한 듯하다.

소셜 네트워크의 세계는 무궁무진하다. 타인의 친구를 줄 타고 들어가서 다른 친구를 맺고 급기야 친해져서 금전적 피해를 당하기도 한다. 소셜 네트워크의 세계에는 장단점이 동전의 양면처럼 반드시 존재하는 것이다.

개인의 감정이나 사진을 올렸다가 해고당하는 경우도 있고, 입사 지원서를 써 넣고 카카오톡 스토리에 자신의 감정을 썼던 글 내용 때문에 탈락되는 경우도 있다. 소셜 네트워크를 통하여 그 사람이 쓴 글에서 그 사람의 감정을 읽을 수 있고, 그 부분에 민감한 회사에서는 채용을 거부할 가능성이 있기 때문이다. 소셜 네트워크 속에서 자신의 표현은 사실상 전체적으로 드러나는 자신의 이미지가 된다.

페이스북은 자신을 보여줄 수 있어 그나마 댓글이 곱고 친절한 편이다. 그러나 익명이 가능한 댓글들은 마치 전쟁터같이 공격적이고 포효성을 띠고 있다. 사람들은 눈에 보이지 않는 공간에서 수시로 염

탐하듯 공격태세를 갖추는 것 같다.

　그래도 문명을 고유하고 함께 살아가는데 필수적으로 자리하고 있으니 소셜 네트워크의 문화세계는 깊고 드넓다. 사람들은 새로운 것에 늘 심취하고 집단체 형성을 즐기는 탓에 소셜 네트워크의 소속감을 통해 현실에서의 1인가구인 독거세대의 고립을 피하려고도 한다.

　그러나 역시 가장 좋은 것은 현실에서 가족들과 눈을 맞추며 대화를 나누며 소통하는 것이다.

　서로의 눈을 마주치며 서로에게 진솔한 대화를 털어놓을 때, 인간으로서 가장 기본적인 행복을 충족할 수 있는 것이다.

－ 쓰리공 : 공감, 공생, 공유

35

부모

나의 삶에 있어 부모란 커다란 태산과도 같았고 신뢰와 존경의 대상이셨다. 아버지 1920년생, 어머니 1918년생. 두 분 모두 오래전에 작고하셨지만 두분께 얻은 삶이있기에 부모에 대한 애틋함은 상당히 남다르다.

길러주신 어머니께서는 1남 2녀를 낳으시고 단산이 되셨다. 큰언니는 1939년생, 둘째언니는 1942년생이셨고, 큰오빠는 1946년생이셨다. 작은 오빠와 내가 태어난 것은 어른들의 자식에 대한 더 큰 욕구에 의했으리라.

사춘기에 접어들면서 친어머니를 찾겠다고 방황한 적이 있었다. 결국 내 나이 23살 때 처음으로 친엄마를 찾아가게 되었다. 그런데 만나보고 나니, 내가 그리워했던 엄마가 아니었다.

나를 길러주신 엄마는 늘 반찬냄새가 그득했고, 수세미 같이 거친 손바닥을 가진 엄마는 부엌 일을 떠나지 않았었다. 환갑, 진갑이 지나도록 엄한 할머니의 시집살이를 겪으시는, 그야말로 인내의 한국

여인이셨다.

그러나 친어머니는 나타난 딸을 보고 당황하며 숨기고 싶어 했고, 심지어는 가라고 종용하며 다시는 오지 말라고 했었다. 내가 그녀를 찾아갔을 때, 그녀의 나이는 46세였다.

길러주신 어머니께서 나와 오빠를 예뻐해 주셨으나, 가끔은 분노의 표적이 되어 무섭게 변하시곤 하셨다. 길러주신 어머니는 어릴 때 부모님이 일찍 돌아가셔서 친척집에서 자라다 시집을 오셨기 때문에 원가족의 아픔이 있는 분이셨다. 이 때문인지 가끔 회한의 한 서린 분노를 나를 향해 무섭게 표출하시곤 했다.

그러나 평소에는 잔잔하게 우리를 사랑으로 길러주셨다.

1986년 7월, 아버지가 돌아가신 후 그런 어머니께 변화가 찾아왔고, 이후 2006년에 돌아가실 때까지 마음이 차가워지셨고 어머니 속으로 낳으신 자녀에 대한 신의만 가득하셨다. 그렇게 2006년도 86년의 삶을 마감한 채 어머니는 우리들 곁을 떠나셨다. 아마도 어머니는 남편에 대한 도리를 다하고자 다른 여자의 배를 빌려 낳은 남매를 키우시느라 여인으로서는 괴롭고 힘든 삶을 보냈을 것이다.

친어머니는 재혼한 집에서 36년을 살다가, 재혼한 남편이 사망하자 늙었다는 이유로 그 집에서 쫓겨나 독거노인이 되셨다. 최선을 다하고 재혼한 집 자녀들을 키웠으나, 유산상속과 그들의 아버지란 존재가치가 상실됨에 따라 어머니란 존재도 동시에 무의미해진 것이다.

친어머니는 결국 작년 6월에 나와 우리 아이들이 보는 앞에서 임종을 하시고 저세상으로 가셨다.

떠나시는 순간까지도 "사랑한다"는 말 한마디 하지 않으시고 떠나신 친어머니. 살아온 정은 없으나 그녀의 인생을 생각하면 가슴 아프고 시리기까지 한다.

그녀의 삶 역시 척박하고 힘들었을 것이다. 떠나가며 모든 것을 이 세상에 두고 가는 그녀의 모습을 바라보며 진정한 용서와 화해를 생각하게 되었다.

누구나 힘에 겨운 인생을 통해 무엇을 얻겠는가?

원망과 회환과 분노를 표출할 것이다. 그러나 분노는 결국 자신을 향한 독화살과도 같다. 스스로가 아프고 절망하여 얼굴은 일그러질 대로 일그러져 스스로 표독스럽게 변질시키는 원인을 제공하게 된다.

부모라는 것은 자녀의 인생에 있어 큰 역할을 한다.

해마다 부모님 산소를 찾아 뵙고 벌초를 하는 것은 그분들에 대한 감사함과 도리이다. 오빠들의 몫은 추석 전에 벌초를 하는 것이고, 내몫은 휴가기간에 무성해진 잡초를 제거하는 것이다.

벌초를 하고 예쁘게 단장된 봉분을 바라보며 하늘에 기도하고 성모 어머님께 감사드리고 부모님께 감사기도를 드리고 나면, 살아 있는 자신에 대한 행복감이 커지고 감사하게 되는 것이다.

어려서부터 나의 품안에서 자란 자식과 떨어져 산 자식과의 삶과 그 아이들의 행동들을 바라보면, 엄마라는 큰 울타리가 없이 자란 아이들의 감정과 엄마와 함께 산 아이들의 감정이 상당히 다름을 알 수 있다. 그래서 큰아이들에게는 더없이 미안한 마음이 드는데, 그 미안함은 마치 나의 친어머니로부터 듣던 미안함 같았다.

가족의 정이란, 함께 부딪히고 싸우며 때로는 갈등도 빚고 충돌하고 그 과정에서 이해하고 배려하는데서 참된 정이 생성되는 것이다.

늘 미안해하는 죄인 같은 엄마의 심정은 함께 살고 겪으면서 알 수 있는 것이기 때문에 어릴 적부터 품안에 기른 자식이 아니고서는 마음을 열고 이해하기 힘든 것이다.

얼마 전 KBS에서 방영한 드라마(아이유가 주인공이었던) 〈최고다 이순신!〉이 막을 내렸다. 양엄마와의 깊은 정과 친엄마의 갈등을 비춰주는 드라마다.

큰 성공으로 돈이 많은 친엄마와 평범하게 살며 깊은 정이 든 양엄마의 입장을 바라보면서, 인간의 욕심 때문에 가장 상처를 받는 것은 주인공인 순신이라는 것을 알게 된다.

드라마 속에서 주인공 순신을 행복하게 하는 것은 어떠한 선택일까? 양부모 가족들을 중심으로 인기배우인 친엄마를 순신의 엄마로 인정하고, 친엄마도 키워준 집에 보은하며 함께 더불어 양가가 사이 좋게 지낸다면 주인공은 더없이 행복했을 것이다.

그러나 주인공은 양측의 팽배한 감정의 희생양이 되어 친엄마를 향해 무수한 언어적 공격을 퍼붓고 상처를 준다.

이것은 어떤 심리적 보상인가?

그것은 순신의 입장에서는 길러준 가족들에게 대한 당연한 도리가 앞섰을 것이고, 현실의 불편함을 툭툭 던져 상처를 줘도 무관하다고 생각한 건 자신을 가장 잘 이해할 친엄마였기 때문이다. 스스로 화가 난다고 해서 길러준 엄마에게 그렇게 했다면 분명 드라마 시청자게시판에 항의성 글이 도배되었을 게다. 남의 자식 길러주니 다 소용없다느니, 패륜입양아라느니 등등…….

순신이는 친엄마에게 이러한 괴리감에서 오는 분노를 표현할 수밖

　　　　　　　　　　　　　　　　　　　　　　－ 쓰리공 : 공감, 공생, 공유

에 없었을 것이다.

이를 잘 이해할 수 있는 건, 나 역시도 겪었던 감정이기 때문이다. 나의 친정 가족들이 나의 친엄마를 헐뜯고 욕하면, 속에서의 내 감정은 좌불안석하게 된다. 남매를 낳고 떠난 지 수십 년 된 친엄마에게 언니들은 사정없이 욕설을 했기 때문이다.

젊은 여자가 남의 집에 들어와 애를 낳았다는 게 그분들의 심각한 표현인데, 언니들은 어머니를 동정해서 하는 말이었겠지만 어린 시절부터 그런 말을 듣는 나의 입장은 너무 힘들고 고통스러웠었다.

1993년 2월 아들이 의료사고로 사망하고 아이들 문제로 방황할 때 나 역시 한에 맺혀 친엄마에게 심한 저항과 공격을 하며 갈등을 겪었다.

그러나 그녀의 대답은 한결같았다. "미안하다" 였다.

아이러니하게도 지금의 나도 아이들에게 똑같이 그 단어를 쓰고 있다. 큰아들이 미안하다는 말을 하지 말라고 했으나 미안했다. 아니, 죽을 때까지 나의 친엄마가 그랬듯이 나도 미안할 것이다.

그러나 우리 아이들만큼은 이 단어를 절대로 사용하지 않고 행복한 삶을 사는데 긍정적 에어지를 사용했으면 좋겠다.

그 아픔을 겪었기에 우리 아이들은 누구든 원망하지 않고 스스로 행복하길 소원해 본다.

삶에서의 주인공은 자기 자신이다.

자신을 중심으로 행복해야 하는데 사실은 그렇지가 않다. 주변 사람들의 입장을 먼저 생각하고 남의 옷을 입은 것처럼 불편한 인생을 살고 있다.

내게 있어 아버지는 삶의 멘토셨다. 두 어머니께는 항상 감사함을 지니고 살고 있다. 낳아주신 감사와 길러주신 감사—

친어머니는 나를 지우려고 무수히 노력하고 약도 드셨는데, 내가 뱃속에서 태동을 하더란다. 낳고 보니 계집애였고, 할머니도 아버지도 태어난 아이를 보지도 않고 뒤돌아 가시더란다.

결국 친어머니는 백일 날 나를 두고 떠났고, 나는 그런 친어머니를 스물세 살 때 찾아갔었던 것이다.

그래도 친어머니가 있어 내가 태어났고, 바라보기만 해도 행복한 내 자식들이 태어났고, 오늘날 모든 아픔을 극복하고 대한민국가족 지킴이의 수장이 되어 바쁘게 뛰는 게 아니겠는가?

세상은 값지고 모든 사물은 이유 있는 생명인 것이다.

미움을 던지고 증오를 던져 아이들에게 무슨 교육이 되겠는가?

각자의 삶의 중요한 지표를 격려하는 멋진 리더가 되자!

36

여보!
등 좀 긁어줘요

장마철 우기엔 어김없이 전신의 통증이 심해져온다.

최초의 교통사고는 2000년 5월 12일이었다. 초보운전자인 내가 내리막길에서 운전부주의로 3중 추돌을 내고 운전대에 가슴을 들이박은 채 119구조대가 차를 분해하고 나를 꺼냈었다.

허리와 목 부상으로 6개월을 부목을 대고 대소변도 받아냈었다.

참기 힘든 육신의 고통을 밝은 미소와 긍정적 생각으로 버텼었고, 지금은 대학생인 막내가 그 당시 6살의 나이로 병수발을 했었다.

그때 두 아이를 잠시 이혼한 남편에게 맡겼는데, 애들 아빠에게 이미 여자가 아빠 집에 다녀온 막내가 씩씩대며 이야기를 했었다. 아빠 집에 가니 어떤 이모랑 같이 살고 있다고 하면서 쫑알거렸었다.

두 번째 사고는 오랜 투병 기간을 마치고 택시를 타고 퇴원하는 길에 벌어졌다. 엄청나게 폭음을 한 음주운전자가 연쇄사고를 내고 도망치며 다시 낸 사고차량이 내가 탄 택시였던 것이다.

그때는 음주운전에 대한 피해보상도 없었을 뿐더러 사고자는 12대의 피해 차량과 피해자들에게 합의 할 여력이 없던 상황인지라 구속되었다. 그리고 나는 기왕증으로 진단되어 병원 치료도 자비로 해야 했고, 다시 입원하는 신세가 되었다. 너무도 지루하고 힘든 기간이었다.

2005년 10월 30일, 고속도로에서 160킬로로 달리던 아반떼 운전자가 내 차를 들이받았고 내 차는 두 바퀴를 돌았다. 운전자의 알코올농도는 0.285였다. 소주를 무려 7병 마신 양이라고 했다.

그때 내 차량은 산타페였는데, 부딪힌 속도가 어찌나 컸는지 고속도로에서 두 바퀴를 돌았다. 마침 다른 차량이 없이 한적한 곳이었기 때문에 다행히도 더 큰 사고는 막을 수 있었다.

도망치던 차량은 다행히 고속도로 순찰대에 의해 부천IC에서 붙잡혔다. 그때는 천정배 법무부 장관이 발표한 음주운전자 면책에 의하여 사고자는 공탁금을 건 뒤 나타나지 않았다.

보험회사에서는 이미 전 사고들로 기왕증이 있다며 보상도 제대로 해주지 않았고, 보호자가 없던 관계로 흐지부지 마무리되고 말았다.

대신 나의 전신은 척추에서 손상이 시작되어 극심한 통증으로 이어졌고, 14년이 지난 지금까지도 늘 통증을 느끼며 살아가게 되었다.

척추에 여러 번 손상이 온 이후 결국 2010년 산행에서 작은 부딪힘에 척추는 협착 되었고, 두 달을 견딜 수 없는 통증과 신경마비까지 와서 눈물 끝에 수술을 하게 되었다.

비가 오거나 습도가 높아지면, 밤새 잠을 이룰 수 없는 통증이 나의 전신을 짓눌러 육신과 정신이 피폐해진다.

자식들이 많으면 무엇하리! 아픈 다리 주물러주고 가려운 등 언저

　　　　　　　　　　　　　　　　－ 쓰리공 : 공감, 공생, 공유

리 긁어주는 곁지기가 없는데…….

툭하면 시월드라고 시댁을 욕하그 남편의 단점만 이야기하는 이 땅의 아내들에게 말하고 싶다.

"배우자를 고운 마음으로 관찰하면 사랑과 존경의 대상이 될 것이고, 미움과 단점의 성난 마음으로 관찰하면 그의 모든 것은 미움과 추함으로 비춰질 것이다."

사랑해서 만난 인연- 시간 지나 혹여 미운 감정이 생기거든, 툭툭 털어내고 고운 감정 이어가소서.

여보-

등 좀 긁어줘요.

여보-

다리 좀 주물러 주세요.

그런 말을 나눌 수 있는 배우자가 있는 그대들은 축복받은 사람입니다.

37

영등포 재래시장

퇴근길에 영등포 재래시장을 찾았다.

후미진 골목 안에 늙수레한 어르신들이 삼삼오오 모여 인생관을 털어놓는데, 무엇에 대한 회한인지 언성들도 크고 분노도 많아 보였다. 사는 방식의 차이일 것이다.

나는 막걸리 한 사발 풋고추에 안주 삼아 마셨다. 정겨움이 가슴속 깊이 묻어 오른다.

내 나이 20대 초반에 우리 아부지가 즐겨 드시던 막걸리를 밭에서 갓 따온 풋고추랑 고추장이랑 차려드리면 "너도 한 잔 하거라" 하시며 따라 주시던 막걸리 맛!

엄마, 아부지와 셋이 나란히 앉아 도란도란 이야기 나누던 30년 전 생각에, 문득 그 시절이 그리워진다.

영등포 재래시장은 타임머신을 타고 70년대로 돌아간 느낌이었다.

음악도, 분위기도, 마음도, 그대로 취해버렸다.

오랜만에 영등포역 앞에서 한의원 하는 친구에게 들르니 진료 중이

– 쓰리공 : 공감, 공생, 공유

란다. 말없이 되돌아오는데 전화(가) 한 통이 왔다.

"이제 퇴근할 건데, 잠시 볼래요?"

이미 전철 타고 가는 길이라고 했더니, "아~ 그럼 다음에 봐요" 한다. 나보다 열 살 어린 친구다.

2000년 교통사고로 허리 통증이 심할 때 환자와 주치의로 만나 친해져서 지금까지도 가끔 식사도 하고 차도 마시며 소식을 주고받는 친구가 됐다. 나름 한의원이 유명한 곳이다. 텔레비전에도 가끔 나오는 인간성 좋은 친구다.

영등포를 지나 길거리에서 무엇인가 부족함을 느낀 나는 떡볶이와 순대를 시켰다. 사실은 막걸리를 살짝 더 마시고 싶은 마음이 간절했으나 포장마차 어르신들을 보며 용기가 안 났다.

70대 이상의 노부부가 운영하는 포장마차!

두 분의 모습을 뵈니 거동은 불편해 보였지만, 의지할 수 있는 모습에 감사함과 고마움 을느꼈다.

오래오래 건강하시라고 인사하고 나섰다.

38

가족

예수님께 말씀하신 가족이란 물리적인 핏줄이 아니라 영적인 핏줄로 이루어진 공동체이다.

예수님께서 이렇게 말씀하셨다.

"하늘에 계신 내 아버지의 뜻을 실행하는 사람이 내 형제요, 누이요, 어머니다."

막내가 카톡 사진에 어릴 때 돌아가신 친할아버지 사진을 올려놓았다. 막내가 계집아이란 이유로 아이가 태어났을 때도 병원에 오시지 않았고, 백일·돌 때도 시댁에서 아무도 오지 않으셨다.

아기 때부터 엄마랑 살아온 아이들을 명절이면 새벽에 차로 달려 시댁으로 들여놓고는, 재혼한 아이들의 새엄마가 혹여나 불편해 할까 봐 명절 아침 주차장 차안에서 굶어가며 아이들이 친가 가족들과 함께하는 시간을 기다렸다가 다시 데려오곤 했었다.

부모는 이혼했어도 아이들에겐 가족이기 때문이다. 양육의 의무를 다했든 아니든 그것은 어른들 감정이고, 아이들에겐 가족의 기본 뿌

– 쓰리공 : 공감, 공생, 공유

리는 알려주고 싶었다.

드라마든 현실에서든 길러준 정과 낳아준 정에 대한 시시비비가 참 크다. 나 역시 길러주신 어머니, 낳아주신 어머니 사이에서 평생 방황하지 않았는가?

그런데 정답은 반드시 있었다.

자식에 대한 소유의 집착만 없으면 아이 입장에서 양가의 손을 잡고 축복된 가족을 만들 수 있기 때문이다.

그러나 나 역시 마찬가지로 길러주신 친가 쪽에서 낳아주신 어머니에 대한 부정적인 생각으로 (절대조인 부정적으로) 만나는 것에 대해 절대적으로 차단했기에 감정적으로 접근할 수가 없었다.

그 이유는 친가의 소유욕과 집착, 그리고 길러주었다는 당당함 때문이다. 결국 나의 인성은 어느 한 켠 원망과 불편함으로 고착된 채로 성장하였다.

가장 행복하여야 할 주인공이 자신의 행복을 던져 놓고, 타인이 만들어주는 인생 라인에서 가족이 형성된다면 진정 행복한 삶이라고 보기 어렵다. 진정한 가족이란 용서와 배려가 있는, 이웃·지인·혈연, 그리고 주변의 소중한 모든 사람들이다.

막내가 돌아가신 할아버지 사진을 카톡에 올린 걸 보니, 문득 그 어른이 그리워진다. 내게는 한때 시어른이셨고, 근엄하신 분이셨다.

점심상 올려드리며 도란도란 아버님과 이야기 나누던 삼십대 초반의 내 모습이 그립다.

'만일 이혼하지 않았더라면 대가족 속에 북적대는 즐거움이 컸을텐데……' 하는 아쉬움이 남는다.

39
우리 사회의
슬픈 일들

1호선 전철을 탔다. 많은 사람들이 왁자지껄 소란스럽다. 특히 여러 노선 중 1호선이 가장 시끄럽고 오래되어 산만하다.

어느 할아버지가 구걸을 다니는데, 옆에서 언쟁하듯 대화하던 중국 여성 두 명이 벌컥 화를 내며 할아버지에게 욕설을 퍼붓는다.

지금까지 나누던 중국어가 아닌 한국어로 말이다.

"한국 사람에게 돈 달라고 해! 우리 외국인이야."

할아버지가 사라지자, 한국인들을 향한 욕설이 쏟아진다. 힘들게 돈 벌러 왔는데 '싸가지 없는 한국 놈들'이란 것이다.

우리 사회는 일자리 창출의 목적 사업을 갖고 여러 방안을 다양하게 제시하고 있지만, 정작 수백만 명의 외국 근로자들은 우리 영토의 거주지를 위험수위로 점령하고 있다. 가히 폭력적이다. 그들의 정서가 무섭다.

중국인들이 내리고 간 좌석!

한국의 중년 부인들이 앉았고, 다시 다른 걸인 할아버지가 다가왔

　　　　　　　　　　　　　　　　　　　　– 쓰리공 : 공감, 공생, 공유

다. 그러자 앉아 있던 한국의 중년 부인 한 명이 슬그머니 천 원을 담
아주신다.

역시 우리 어머니 세대들은 인정이 있으시다.

사회의 아픈 일들- 다양한 문화적 갈등과 충돌도 큰 문제점이다.

40

인연

얼마 전 막둥이가 내 눈치를 보며 슬그머니 말을 건네 왔다.

"엄마! 며칠 전에 아빠하고 연락했어. 근데 같이 식사하자는데 나가도 돼?"

그래서 나는 흔쾌히 "그래~"라고 대답했다. 아기 때 헤어져서 아이들이 어떻게 자라는지도 모르고 살아온 아이들 아빠도 생각해 보면 참 가여운 인생이다. 물론 재혼한 부인과 잘살고 있으니 더없겠지만 부부간 인연은 단절되어도 자식들의 인연은 어디 그러한가?

뒤늦게라도 자식을 보겠다고 연락했다고 하니 그 마음을 인정해주라고 했다.

만약 아이들에게 미움과 원망을 교육했더라면, 그것이 부메랑이 되어 지금 아이들은 피폐해졌을 것이다. 다행이도 아이들이 건강한 생각을 가지고 잘 성장하여 감사하고 기쁠 따름이다.

이 모두가 하느님의 큰 축복된 선물이라고 생각한다.

큰딸은 똑소리 나는 재원이다. 무슨 일이든 척척 해낸다. 회계사 시험 공부하느라 바쁘지만, 스스로 공부하는 열공파다.

큰 아들은 너무도 대견하게 잘 성장했고, 인성을 두루 갖춘 대한민국을 빛내는 아이가 되었다.

삶의 과정이 어떻든 하나같이 건강하고 똑똑한 재원들로 자녀를 주신 하느님께 진심으로 감사드린다.

내 자신의 삶은 힘든 역경과 고난의 연속이었지만, 장애를 지닌 엄마들의 마음보단 덜할 것이고, 긴 병을 앓고 있는 환우들의 엄마들보다도 덜할 것이다.

아이들 모두 건강하고 긍정적이어서 감사하고, 앞으로 모두가 갖춰진 환경에서 긍정의 힘으로 멋진 삶을 도전하길 기원할 뿐이다.

막둥이가 아빠를 만나고 와서 기뻐하는 것을 보니, 인연이라는 단어에 단절을 주는 것은 인간이 주는 재앙이란 생각이 든다.

자식들 나름대로의 행복은 자신 마음속의 뿌리에 있는 것이다.

어느 쪽이든 본인들의 행복가치를 나누는 곳에 진정한 행복이 있을 것이다.

2013년 가을

지난주 막내에 이어 오늘은 아들이 개강을 했다.

주말이라 집에 온 막내를 학교로 보내려고 새벽 5시에 깨웠다.

아들도 함께 일어나 모처럼 새벽이 분주하다.

딸이 새벽에 집을 나서 셔틀버스를 타러 가면서 입술에 뽀뽀를 해 준다. 아이의 향기가 너무도 곱다.

아들은 아침밥을 챙겨 먹으며 다시 시작되는 학기에 대한 긴장감을 이야기하고는, 이 옷 저 옷 갈아입으며 한껏 멋을 부린다.

예전의 교통사고로 등의 척추가 휘어 통증을 앓고 있는 엄마를, 등교시간이 남아 있는 아들이 등과 다리를 두드려가며 안마해 준다. 시원하다.

옛날 내 어린 시절, 할머니와 아버지를 안마해 드릴 때는 두드림에 대하여 시원하다고 하시는 이유를 몰랐는데, 지금은 그 시원함을 절실하게 느끼고 살고 있다.

크고 작은 수술이 잦았고 척추신경 수술도 했던 작은 체구의 육신

– 쓰리공 : 공감, 공생, 공유

이 요즘 들어 자주 피곤하고 아프기 시작한다.

아들이 학교에 등교하기 전, 입술에 뽀뽀를 하고 안아주고 간다. 정말 예쁜 아이들이다.

서울대학교 인재개발학과를 다니는 아들이 미래가치를 추구하는 과정 중 다양한 경험을 통해 인생의 가치관을 행복하게 가지라고 했다.

아들이 말한다.

자신이 아이를 낳으면 자신과 같이 일반고를 보내지 않고 더 공부시켜서 특목고를 보내더 큰 세계의 다양한 학습법을 익히게 하고 싶다고!

아마 학원도 못 다니고 일반고에서 정시로 힘겹게 서울대를 간 본인을 두고 하는 말 같아서 마음이 아팠다. 자신은 스스로 참 열심히 공부했다는 것이다.

아이들이 떠난 아침!

몸살 기운이 가득한 9월의 첫째 주 월요일이다.

힘내자, 대한의 아들딸들아!

사랑한다, 내 아들딸들아!

든든한 아들

새벽 3시. 다리에 쥐가 나서 고통을 호소하자, 아들이 다리를 주무르며 2시간 반을 도란도란 자신이 터득한 인간의 기(氣)에 대하여 이야기한다.

인도에서 전해지는 신비의 신체론을 말하며 사람에게 7가지 차크라 기(氣)가 머무는 장소가 있는데 예수님, 부처님 등 성인들은 7가지 차크라를 다 뛰어넘은 사람이기 때문에 머리 위에 띠가 나타나는 영적인 표양, 즉 둥근형의 '사하스라라'가 나타난다는 것이다. 이는 영적으로 맑고 마음이 선한 이들에게 나타나는 현상이라고 한다. 단련을 마치면 뱀의 형상으로 수련 후 전신이 쿤달리니 각성을 하게 된다는 것이다.

'천골두개요법'에 따르면, 머리-해탈, 미간-지혜-제3의 눈 '영안', 입·코-청결·정화, 가슴-'아나하타차크라'라는 사랑을 득한 것, 단전-몸의 균형을 잡아주는 것, 꼬리뼈-몸의 활동력을 표현, 성기-해소의 분출구, 배꼽 밑-육신의 기, 배꼽 위-정신의 기가 있어, 맑은 정신과 몸을 단련하여 수련을 하게 된다는 특강을 한다.

놀라운 것은 책으로 중학교 때부터 관심을 갖고 공부한 아들이 사람의 몸을 가까이 하면 상대방이 통증을 느끼는 부위가 느껴진다는 것이었다. 아들이 기(氣)에 대하여 관심을 갖고 책을 사서 보고 공부하던 때가 중학교 때부터였다.

자신이 가진 기(氣)의 에너지로 사람의 흉사가 느껴진다는 것이다.

처음엔 무시를 하였는데, 몸의 아픈 곳을 잘 찾아내는 영적 독특함을 알게 되었다.

아들은 서울대에 입학한 뒤 게임에 빠진 듯해서 염려했더니, 700만 명이 하는 게임에서 우리나라 전체 200위 안에 있다고 한다. 게임 왕에 진입하고 보니 그 역시 허탈하다면서 이젠 자신이 설정한 인생의 목표를 향해 전진하기 위해 본격적으로 공부에 집중하겠다고 한다.

이번 2학기 등록금도 장학금으로 해결했다.

두 아이 모두 등록금을 내지 않아 부담감이 없었다. 그렇기에 마음 놓고 가족복지 사업을 진행할 수 있었던 것이다.

이 역시 하느님께서 주시는 은혜이고 선물이다.

새벽녘 엄마와 도란도란 이야기를 나누던 아들에게 물었다.

"아들아, 빈대족이 늘어나면서 존속살해가 늘어나는 세태인데 엄마는 재산이 없으니 그럴 일은 없겠지?"

그러자 아들이 대답하기를, 그런 일을 행하는 자는 마음의 착한 기운인 '아나하타차크라'의 에너지가 없어서 그렇다는 것이다. 즉, '사랑'이 없다는 뜻이다.

엄마 손을 꼭 잡고 몇 시간 특강하듯 영적 세계를 말하는 아들을 보니, 기특하고 대견한 마음이 들었다.

엄마의 일은 밝은 빛이 느껴지니 희망적이라면서 잘 되실 것이니 힘내라고 격려를 한다. 형이나 누나가 지닌 에너지도 좋으니, 훗날 웃으며 이야기할 날이 반드시 올 것이라고 걱정 말라며 안심을 시킨다. 엄마가 추진하는 일들에 대한 신의는 절대적으로 지지한다는 것이다.

스물한 살 먹은 아들의 위로와 격려에 2013년 8월 29일 새벽비가 내리는 오전 5시 42분, 상쾌한 하루를 열어 본다.

     − 쓰리공 : 공감, 공생, 공유

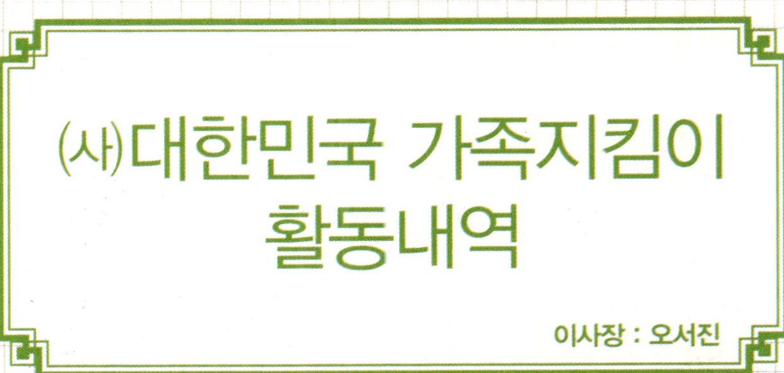

대한민국 가족지킴이 창립총회 및 대한민국 실천대상 (대회장 : 오서진)

대한민국 실천대상 반기문 유엔 사무총장님 수상 (어머님이 대리수상)

제 1회 대한민국 평화대상 시상식 및 월간 가족창간기념식 (대회장 : 오서진)

평화대상 시상식

음성 반기문 마라톤 대회

2013 징검다리 서포터즈 해단식 (중소기업청 "툭툭 털고 삽시다" 특강)

25사단 71연대 "툭툭 털고 삽시다" 특강

한국 예술원 세대간 소통법 "툭툭 털고 삽시다"

행복가정복지사 3급 수료식

행복가정복지사 2급 수료식

가족 복지 지도자 과정

가족 복지 지도자 과정

가족해체예방정책 심포지엄 주최

가족해체예방정책 심포지엄 단체사진

세대별 가족 변천사 "툭툭 털고 삽시다" 특강

대전 종합 청사 "툭툭 털고 삽시다" 특강

한국 예술원 업무 협약식

이상헌 선생님 출간기념회에서

경기도 교육청과 함께 주최. 주관한 청소년 인성 함양을 위한 뮤지컬 "친구"
의정부 예술의 전당

안병용 의정부 시장님의 인사말씀

경기도 교육청과 함께 주최. 주관한 청소년 인성 함양을 위한 뮤지컬 "친구"
부천경기예고 아트홀에서

경기도 부천시 김만수 시장님과 경기도 교육청 김완기 국장님 등

의정부 안병용 시장님과 함께

아름다운 동행

(사)대한민국 가족지킴이에서 주최하는 행복가정복지사 1급 교육생들과 함께

(사)대한민국 가족지킴이에서 주최. 주관하는 서울시 어르신 재담대회

2012 소통 아카데미에서 황수관 박사님과 함께

2012 세대 간 소통 강의

낙엽이 모두떨어지고 있는

여의도 가로수들을 바라보며 잔잔한 마음으로

항상 곁에서 응원하고 동행하는

대한민국가족지킴이 임원및 회원여러분들께

고개숙여 깊은 감사드립니다.